⼘尺丹几乙し丹⼘と
Translated Language Learning

Alices Abenteuer im Wunderland

Le Avventure di Alice nel Paese delle Meraviglie

Lewis Carroll

Deutsch / Italiano

Runter in den Kaninchenbau
Nella tana del coniglio

Alice fing an, sehr müde zu werden
Alice cominciava a sentirsi molto stanca
Sie saß neben ihrer Schwester auf der Grasbank
Era seduta accanto a sua sorella sulla riva erbosa
aber sie hatte nichts zu tun
ma non aveva niente da fare
Ihre Schwester las ein Buch
sua sorella stava leggendo un libro
Ein- oder zweimal schaute Alice in das Buch
una o due volte Alice sbirciò nel libro
aber das Buch enthielt keine Bilder oder Gespräche
Ma il libro non conteneva immagini o conversazioni
"Was nützt ein Buch ohne Bilder?", dachte Alice
"A che serve un libro senza immagini?", pensò Alice
"Warum sollte ein Buch keine Gespräche führen?"
"Perché un libro non dovrebbe avere conversazioni?"
Aber sie hatte noch andere Dinge zu bedenken
ma aveva altre cose da considerare

"Es wäre ein Vergnügen, eine Kette aus Gänseblümchen zu machen"
"fare una catena di margherite sarebbe un piacere"
"Aber lohnt es sich, aufzustehen und die Gänseblümchen zu pflücken??"
"Ma vale la pena di alzarsi e raccogliere le margherite??"
Das war nicht so leicht zu denken
Non è stato così facile pensarci
weil sie sich an diesem Tag schläfrig und dumm fühlte
perché la giornata la faceva sentire assonnata e stupida
aber plötzlich wurden ihre Gedanken unterbrochen
ma all'improvviso i suoi pensieri furono interrotti
ein weißes Kaninchen mit rosa Augen lief dicht an ihr vorbei
un Bianconiglio con gli occhi rosa le corse vicino

Es war nichts übermäßig Bemerkenswertes an dem Kaninchen
Non c'era nulla di eccessivamente notevole nel coniglio
und Alice fand das Kaninchen auch nicht bemerkenswert
e Alice non pensava che nemmeno il coniglio fosse degno di nota

auch überraschte es sie nicht, als das Kaninchen sprach

né la sorprese quando il Coniglio parlò

»O je! Ich werde zu spät kommen!« sagte er zu sich selbst

"Oh cielo! Arriverò troppo tardi!» disse tra sé

aber dann tat das Kaninchen etwas, was Kaninchen nicht tun

ma poi il Coniglio ha fatto qualcosa che i conigli non hanno fatto

das Kaninchen zog eine Uhr aus der Westentasche

il Coniglio tirò fuori un orologio dal taschino del panciotto

Er schaute auf die Uhr und eilte dann weiter

Guardò l'ora e poi si affrettò

Alice erhob sich erstaunt

Alice si alzò in piedi, stupita

Sie hatte noch nie zuvor ein Kaninchen mit Weste gesehen!

Non aveva mai visto un coniglio con un panciotto prima d'ora!

noch hatte sie je ein Kaninchen mit einer Uhr gesehen!

né aveva mai visto un coniglio con un orologio!

Alice brannte vor neuer Neugierde

Alice ardeva di una nuova curiosità

und sie rannte über das Feld hinter dem Kaninchen her

e corse attraverso il campo dietro al Coniglio

Sie kam gerade noch rechtzeitig, um das Kaninchen verschwinden zu sehen

Fece appena in tempo a vedere il coniglio sparire

Das Kaninchen hüpfte in einen großen Kaninchenbau hinab

Il coniglio saltò giù in una grande tana del coniglio

Im nächsten Augenblick stürzte Alice hinter dem Kaninchen her!

In un attimo, Alice andò dietro al coniglio!

Der Kaninchenbau ging geradeaus wie ein Tunnel

La tana del coniglio proseguiva dritta come un tunnel

und der Tunnel ging noch eine Weile weiter

e il tunnel continuò ad andare avanti per un po'

und dann senkte sich der Weg plötzlich hinunter

e poi il sentiero è improvvisamente sceso

Alice hatte keinen Augenblick, daran zu denken, ob sie sich

zurückhalten sollte

Alice non ebbe un momento per pensare a fermarsi

Sie fiel hin und hinunter und hinunter

Si ritrovò a cadere sempre giù e giù

Es schien, als sei sie in einen sehr tiefen Brunnen gefallen

sembrava che fosse caduta in un pozzo molto profondo

Entweder war der Brunnen sehr tief, oder sie fiel sehr langsam

O il pozzo era molto profondo, o è caduta molto lentamente

denn sie hatte viel Zeit zum Fallen

perché aveva tutto il tempo di cadere

Als sie fiel, konnte sie sich umsehen

Mentre stava cadendo, poteva guardarsi intorno

Zuerst versuchte sie herauszufinden, wohin sie ging

Per prima cosa, ha cercato di capire dove stava andando

aber der Brunnen war zu dunkel, um etwas zu sehen

ma il pozzo era troppo buio per vedere qualcosa

Dann blickte sie auf die Seiten des Brunnens

Poi guardò i lati del pozzo

Und sie bemerkte, dass überall um sie herum Schränke standen

E notò che c'erano armadi tutt'intorno a lei

und rings um den Brunnen waren Bücherregale

e tutto intorno al pozzo c'erano scaffali di libri

Hier und da sah sie Karten und Bilder, die an Pflöcken hingen

Qua e là vedeva mappe e quadri appesi a pioli

Im Vorbeigehen nahm sie ein Glas aus einem der Regale

Prese un barattolo da uno degli scaffali mentre passava

Das Glas wurde für seinen Inhalt gekennzeichnet

Il barattolo è stato etichettato per il suo contenuto

"MARMELADE AUS ORANGEN"

"MARMELLATA DI ARANCE"

Aber zu ihrer großen Enttäuschung war das Marmeladenglas leer

ma, con sua grande delusione, il barattolo di marmellata era vuoto

Sie wollte das leere Marmeladenglas nicht fallen lassen

Non voleva far cadere il barattolo di marmellata vuoto

und ihr Fall war sehr langsam

e la sua caduta fu molto lenta

So schaffte sie es, das Marmeladenglas in einen der Schränke zu stellen

Così riuscì a mettere il barattolo di marmellata in uno degli armadi

Nieder, hinunter, hinunter fiel sie!

Giù, giù, giù!

Würde der Fall jemals ein Ende haben?

La caduta sarebbe mai finita?

Es gab nichts anderes zu tun

Non c'era nient'altro da fare

so fing Alice bald an, mit sich selbst zu reden

così Alice iniziò presto a parlare da sola

»Dinah wird mich heute abend sehr vermissen, sollte ich meinen!«

«A Dinah mancherò molto stasera, credo!»

Dinah war Alices Katze

Dinah era la gatta di Alice

»Ich hoffe, sie werden sich an ihre Untertasse mit Milch zur Teezeit erinnern.«

"Spero che si ricorderanno del suo piattino di latte all'ora del tè"

»Dinah, meine Liebe, ich wünschte, du wärst hier unten bei mir!«

"Dinah, mia cara, vorrei che tu fossi qui con me!"

Alice fühlte, als würde sie einschlafen

Alice si sentiva appisolata

Und dann plötzlich, dumpf! Bums!

E poi, all'improvviso, tonfo! tonfo!

Sie fiel auf einen Haufen Stöcke

cadde su un mucchio di bastoni

und sie landete auf einem Haufen trockener Blätter

e atterrò su un mucchio di foglie secche

Und endlich war der lange Sturz in das Loch vorbei

e finalmente la lunga caduta nel buco era finita
Alice war kein bisschen verletzt
Alice non si fece male
und sie sprang in einem Augenblick auf
e in un attimo balzò in piedi
Sie blickte auf, aber es war alles dunkel über ihr
Alzò lo sguardo, ma sopra di lei era tutto buio
Vor ihr lag ein weiterer langer Korridor
Davanti a lei c'era un altro lungo corridoio
und das weiße Kaninchen war noch in Sicht
e il Bianconiglio era ancora in vista
Er eilte den Korridor hinunter
Si stava affrettando lungo il corridoio
Es war kein Augenblick zu verlieren
Non c'era un momento da perdere
davonlief Alice wie der Wind
Alice corse via come il vento
um die Ecke drehte sich das Kaninchen
Dietro l'angolo si girò il coniglio
Sie kam gerade noch rechtzeitig, um das Kaninchen zu hören
Fece appena in tempo a sentire il coniglio
"Oh, meine Ohren und Schnurrhaare"
""Oh, le mie orecchie e i miei baffi"
"Wie spät es wird!"
"Come si sta facendo tardi!"
Sie war dicht hinter dem Kaninchen
Era vicina al coniglio
Sie bog um eine weitere Ecke
Ha girato un altro angolo
aber das Kaninchen war nicht mehr zu sehen
ma il Coniglio non si vedeva più
Sie befand sich in einer langen, niedrigen Halle
Si ritrovò in un corridoio lungo e basso
Der Saal wurde von einer Reihe von Deckenlampen erleuchtet
La sala era illuminata da una fila di lampade a soffitto

Überall im Saal gab es Türen
C'erano porte tutt'intorno alla sala
aber alle Türen waren verschlossen
ma tutte le porte erano chiuse a chiave
Sie ging den ganzen Weg an der einen Seite des Flurs hinunter
Camminò lungo un lato del corridoio
Und sie war den ganzen Weg auf der anderen Seite des Flurs hinaufgegegangen
e lei aveva camminato fino all'altro lato del corridoio
Sie hatte jede Tür ausprobiert
Aveva provato ogni porta
Und sie ging traurig in der Mitte des Saales entlang
e camminò triste in mezzo al corridoio
"Wie komme ich da mal wieder raus?"
"Come farò mai a uscirne di nuovo?"

Plötzlich stieß sie auf einen kleinen Tisch
All'improvviso si imbatté in un tavolino
Der Tisch wurde komplett aus massivem Glas gefertigt
Il tavolo è stato realizzato interamente in vetro massiccio
Auf dem Tisch lag nichts als ein winziger goldener Schlüssel
Sul tavolo non c'era altro che una minuscola chiave d'oro
Der Schlüssel könnte zu einer der Türen gehören!
La chiave potrebbe appartenere a una delle porte!
Aber ach! Einige der Schlösser waren zu groß für die Schlüssel
Ma, ahimè! Alcune serrature erano troppo grandi per le chiavi
und für die anderen Schlösser war der Schlüssel zu klein
e per le altre serrature la chiave era troppo piccola
aber auf jeden Fall öffnete der Schlüssel keine der Türen
ma, in ogni caso, la chiave non aprì nessuna delle porte
Aber was sollte sie tun?
ma che cosa doveva fare?
Sie ging wieder durch den Saal
Attraversò di nuovo il corridoio
Und diesmal bemerkte sie einen niedrigen Vorhang
e questa volta notò una tenda bassa
Hinter dem Vorhang war eine kleine Tür
Dietro la tenda c'era una porticina
Die Tür war etwa fünfzehn Zoll hoch
La porta era alta circa quindici pollici
Sie probierte den kleinen goldenen Schlüssel im Schloss aus
Provò la piccola chiave d'oro nella serratura
Und zu ihrer großen Freude passte der Schlüssel ins Schloss!
e con sua grande gioia, la chiave entrò nella serratura!
Alice öffnete die Tür
Alice aprì la porta
und sie fand, daß die Tür in einen kleinen Korridor führte
e scoprì che la porta dava su un piccolo corridoio
Der Korridor war nicht viel größer als ein Rattenloch
Il corridoio non era molto più grande di una tana di topi
Sie kniete nieder und blickte den Korridor entlang

Si inginocchiò e guardò lungo il corridoio
Und sie sah den schönsten Garten, den du je gesehen hast
e ha visto il giardino più bello che tu abbia mai visto
wie sehr sie sich danach sehnte, aus dieser dunklen Halle herauszukommen
Quanto desiderava uscire da quella sala buia
wie sie sich wünschte, zwischen diesen leuchtenden Blumen zu wandern
come voleva vagare tra quei fiori luminosi
Wie cool die Erfrischung dieser Brunnen aussah
quanto erano fresche e rinfrescanti quelle fontane
aber sie konnte nicht einmal ihren Kopf durch die Tür stecken
ma non riusciva nemmeno a far passare la testa attraverso la porta
»Oh,« sagte Alice traurig
«Oh», disse Alice, tristemente
»wie sehr wünschte ich, ich könnte mich zusammenfalten wie ein Fernrohr!«
"come vorrei potermi piegare come un telescopio!"
"Ich glaube, ich könnte mich zusammenfalten wie ein Teleskop"
"Penso che potrei ripiegarmi come un telescopio"
"Wenn ich nur wüsste, wie ich anfangen sollte"
"se solo sapessi cominciare"
Alice ging zurück an den Tisch
Alice tornò al tavolo
Es bestand die Möglichkeit, einen weiteren Schlüssel zu finden
c'era la possibilità di trovare un'altra chiave
Oder es gibt ein Buch mit Regeln
o potrebbe esserci un libro di regole
Das Buch könnte ihr sagen, wie man sich wie ein Teleskop zusammenfaltet
Il libro potrebbe dirle come piegarsi come un telescopio
Diesmal fand sie ein Fläschchen
Questa volta trovò una bottiglietta

"Diese Flasche war gewiß vorher nicht hier," sagte Alice
«Questa bottiglia non c'era certo prima», disse Alice
Und um den Flaschenhals war ein Papieretikett gebunden
e legata al collo della bottiglia c'era un'etichetta di carta
Das Etikett war wunderschön in großen Buchstaben gedruckt
L'etichetta era splendidamente stampata a grandi lettere
"TRINK MICH"
"BEVIMI"
»Nein, ich werde erst nachsehen«, sagte sie
"No, guarderò prima", ha detto
"Ich werde sehen, ob die Flasche als giftig gekennzeichnet ist oder nicht."
"Vedrò se la bottiglia è contrassegnata come velenosa o no,"
weil sie die Lektion über das Gift nie vergessen hat
perché non ha mai dimenticato la lezione sul veleno
"Wenn eine Flasche als giftig gekennzeichnet ist, wird sie Ihnen bestimmt nicht zustimmen"
"Se una bottiglia è etichettata come velenosa, è inevitabile che non sia d'accordo con te"
Diese Flasche war jedoch nicht als giftig gekennzeichnet
Tuttavia, questa bottiglia non è stata contrassegnata come velenosa
so wagte Alice es, den Inhalt der Flasche zu kosten
così Alice si avventurò ad assaggiare il contenuto della bottiglia
Sie fand die Flüssigkeit ganz nach ihrem Geschmack
Trovò il liquido di suo gradimento
Das Getränk hatte einen gemischten Geschmack
La bevanda aveva una sorta di sapore misto
Kirschkuchen, Vanillepudding und Ananas
Crostata di ciliegie, crema pasticcera e ananas
Gebratener Truthahn, Toffee und Toast mit heißer Butter
Arrosto di tacchino, toffee e toast con burro caldo
und bald trank sie die Flasche aus
e presto finì la bottiglia
"Was für ein merkwürdiges Gefühl!" sagte Alice

«Che strana sensazione!» disse Alice
"Ich klappe mich zusammen wie ein Teleskop!"
"Mi sto ripiegando come un telescopio!"
Und sie faltete sich tatsächlich zusammen wie ein Teleskop!
E si stava ripiegando come un telescopio!
Sie war jetzt nur noch zehn Zentimeter groß
Ora era alta solo dieci pollici
und ihr Gesicht erhellte sich bei ihren Gedanken
e il suo viso si illuminò al pensiero
Jetzt hatte sie die richtige Größe für das Türchen
ora era della misura giusta per la porticina
Jetzt konnte sie in diesen schönen Garten gehen
ora poteva entrare in quel bel giardino
Bald hörte sie auf, kleiner zu werden
Presto smise di rimpicciolirsi
Sie beschloß, sofort in den Garten zu gehen
Decise di andare subito in giardino
aber wehe der armen Alice!
ma, ahimè per la povera Alice!
Sie kam zur Tür
Lei è arrivata alla porta
Aber sie hatte den kleinen goldenen Schlüssel vergessen
ma aveva dimenticato la piccola chiave d'oro
Sie ging zurück zum Tisch, um den Schlüssel zu holen
Tornò al tavolo per prendere la chiave
aber sie merkte, daß sie nicht hoch genug greifen konnte
ma scoprì che non poteva arrivare abbastanza in alto
Sie konnte den Schlüssel ganz deutlich durch das Glas sehen
Poteva vedere la chiave abbastanza chiaramente attraverso il vetro
Sie versuchte, die Beine des Tisches hinaufzuklettern
Cercò di arrampicarsi sulle gambe del tavolo
Aber das Glas war viel zu rutschig
ma il vetro era troppo scivoloso
Irgendwann erschöpfte sie sich mit dem Versuch
Alla fine si stancò di provare

Und das arme kleine Mädchen setzte sich hin und weinte
E la povera bambina si sedette e pianse
Alice sprach ziemlich scharf mit sich selbst
Alice parlava a se stessa in modo piuttosto aspro
"Komm, es hat keinen Zweck, so zu weinen!"
"Vieni, è inutile piangere così!"
"Ich rate dir, gleich aufzuhören!"
"Ti consiglio di fermarti proprio in questo momento!"
Sie gab sich im Allgemeinen sehr gute Ratschläge
In genere si dava ottimi consigli
obwohl sie nur sehr selten ihren eigenen Rat befolgte
anche se molto raramente seguiva il suo consiglio
und sie war manchmal zu streng mit sich selbst
e a volte era troppo dura con se stessa
und ihre Worte trieben ihr Tränen in die Augen
e le sue parole le fecero venire le lacrime agli occhi
Bald fiel ihr Blick auf einen kleinen Glaskasten
Presto il suo occhio cadde su una piccola scatola di vetro
Der kleine Glaskasten lag unter dem Tisch
La scatoletta di vetro giaceva sotto il tavolo
In dem Glaskasten befand sich ein sehr kleiner Kuchen
Nella scatola di vetro c'era una torta molto piccola
Auf dem Kuchen waren einige Worte schön geschrieben
Sulla torta alcune parole erano scritte magnificamente
die Worte waren in Johannisbeeren markiert worden
le parole erano state segnate in ribes
"MICH ESSEN"
"MANGIAMI"
"Nun, ich werde den Kuchen essen," sagte Alice
«Ebbene, mangerò la torta», disse Alice
"Und wenn mich der Kuchen größer werden lässt, kann ich den Schlüssel erreichen"
"e se la torta mi fa ingrandire, posso raggiungere la chiave"
"Und wenn mich der Kuchen kleiner werden lässt, kann ich unter die Tür kriechen"
"e se la torta mi fa rimpicciolire, posso infilarmi sotto la porta"
"Also so oder so komme ich in den Garten"

"quindi in ogni caso entrerò in giardino"

"Und es ist mir egal, was von beidem passiert!"

"e non mi interessa quale dei due accada!"

Sie aß ein wenig von dem Kuchen

Ha mangiato un po' della torta

und sie sprach ängstlich zu sich selbst:

e parlava ansiosamente a se stessa:

"In welche Richtung? In welche Richtung?"

"Da che parte? Da che parte?"

und sie hielt die Hand auf den Kopf

e si tenne la mano sul capo

Sie wollte spüren, in welche Richtung sie wuchs

Voleva sentire in che modo stava crescendo

Sie war ganz überrascht, als sie erfuhr, was geschehen war

Era piuttosto sorpresa di scoprire cosa era successo

Sie war gleich groß geblieben!

Era rimasta della stessa taglia!

Also verdoppelte sie dieses Mal ihre Bemühungen

Così questa volta raddoppiò i suoi sforzi

Und bald war der ganze Kuchen fertig

e presto finì tutta la torta

Der Pool der Tränen

La pozza di lacrime

"Das wird immer interessanter!" rief Alice

«La cosa si fa sempre più interessante!» esclamò Alice

Man kann sehen, dass sie sehr überrascht war

Si vede che era molto sorpresa

"Ich öffne mich wie das größte Teleskop, das es je gab!"

"Mi sto aprendo come il più grande telescopio che ci sia mai stato!"

»Auf Wiedersehen, Füße! Oh, meine armen kleinen Füße"

«Addio, piedi! Oh, miei poveri piedini"

"Ich frage mich, wer euch jetzt die Schuhe anziehen wird, meine Lieben?"

«Mi chiedo chi vi metterà le scarpe per voi, adesso, miei cari?»

»und ich frage mich, wer Ihre Strümpfe anziehen wird?«

«e mi chiedo chi ti metterà le calze?»

"Ich werde viel zu weit weg sein"

"Sarò molto troppo lontano"

"Ich werde mich nicht mehr um dich kümmern können"

"Non potrò più preoccuparmi di te"

In diesem Augenblick schlug ihr Kopf gegen etwas

Proprio in quel momento la sua testa urtò contro qualcosa

Sie hatte das Dach des Saales erreicht

Aveva raggiunto il tetto della sala

Tatsächlich war sie jetzt mehr als zwei Meter groß

infatti, ora era alta più di due metri

und sie ergriff sogleich den kleinen goldenen Schlüssel

e subito prese la piccola chiave d'oro

und sie eilte zur Gartentür

e si affrettò verso la porta del giardino

Arme Alice! Es gab nicht viel, was sie tun konnte

Povera Alice! Non c'era molto che potesse fare

Sie legte sich auf die Seite

si sdraiò su un fianco

Und sie blickte mit einem Auge in den Garten hinein

e guardò attraverso il giardino con un occhio solo

Aber durchzukommen war hoffnungsloser denn je

ma farcela era più disperato che mai
Sie setzte sich und fing wieder an zu weinen
Si sedette e ricominciò a piangere
Sie fuhr fort, literweise Tränen zu vergießen
Ha continuato a versare litri di lacrime
Bald war ein großer Pool um sie herum
Ben presto ci fu una grande piscina tutt'intorno a lei
und das Wasser reichte bis zur Hälfte des Flurs
e l'acqua arrivò a metà del corridoio
Nach einer Weile hörte sie ein leises Getrappel von Füßen
Dopo un po', sentì un piccolo picchiettio di piedi
Sie hörte die Füße aus der Ferne kommen
Sentì i piedi venire da lontano
Und sie trocknete sich hastig die Augen, um zu sehen, was kommen würde
e si asciugò in fretta gli occhi per vedere cosa stava per succedere
Es war das weiße Kaninchen, das zurückkehrte
Era il Bianconiglio che tornava
Er war prächtig gekleidet
era vestito splendidamente
Er hatte ein Paar weiße Handschuhe in der einen Hand
Aveva un paio di guanti bianchi in una mano
Und in der anderen Hand hatte er einen großen Federfächer
e nell'altra mano aveva un grande ventaglio di piume
Er kam in großer Eile dahergetrabt
Venne trotterellando in gran fretta
und er murmelte vor sich hin: »Ach! die Herzogin, die Herzogin!«
e mormorò tra sé: "Oh! la duchessa, la duchessa!"
»Ach! wird sie nicht wild sein, wenn ich sie habe warten lassen?«
«Oh! non sarà selvaggia se l'ho fatta aspettare!»

Als das Kaninchen in ihre Nähe kam, sprach Alice
Quando il Coniglio le si avvicinò, Alice parlò
aber sie sprach mit leiser, schüchterner Stimme
ma parlava con voce bassa e timida
"Sir, bitte hören Sie für einen Moment auf, was Sie tun"
"Signore, per favore smettila di fare quello che stai facendo per un momento"
Das Kaninchen erschrak heftig
Il Coniglio trasalì violentemente
Er ließ die weißen Handschuhe und den Federfächer fallen
Lasciò cadere i guanti bianchi e il ventaglio di piume
und er eilte fort in die Dunkelheit, so schnell er konnte
e si affrettò via nell'oscurità più in fretta che poté
Alice hob den Federfächer und die Handschuhe auf
Alice prese il ventaglio di piume e i guanti
Und sie fächelte sich immer wieder Luft zu, während sie sprach
e continuava a sventolarsi mentre continuava a parlare
»Liebes, liebes Kind! Wie seltsam ist das alles heute!"
«Caro, caro! Com'è strano tutto oggi!"
"Gestern ging es weiter wie bisher"

"Ieri le cose sono andate avanti come al solito"
"War ich heute Morgen noch so, als ich aufgestanden bin?"
«Ero lo stesso quando mi sono alzato stamattina?»
"Aber wenn ich nicht mehr derselbe bin, dann ist das eine andere Frage"
"Ma se non sono lo stesso, c'è un'altra domanda"
"Wer in aller Welt bin ich?"
"Chi diavolo sono io?"
"Ah, das ist das große Rätsel!"
"Ah, questo è il grande enigma!"
Während sie das sagte, blickte sie auf ihre Hände hinunter
Mentre diceva questo, si guardò le mani
Sie trug einen der kleinen weißen Handschuhe des Kaninchens
Indossava uno dei piccoli guanti bianchi dei conigli
Sie hatte nicht bemerkt, dass sie den Handschuh angezogen hatte, während sie sprach
Non si era accorta di aver indossato il guanto mentre parlava
"Wie konnte ich das machen?" dachte sie
«Come ho potuto farlo?» pensò
"Ich muss wieder klein werden"
"Devo diventare di nuovo piccolo"
Sie stand auf und ging zum Tisch, um ihre Größe zu messen
Si alzò e andò al tavolo per misurare la sua altezza
Sie stellte fest, dass sie jetzt etwa einen halben Meter groß war
Scoprì che ora era alta circa mezzo metro
und sie schrumpfte immer noch schnell
e si stava ancora rimpicciolendo rapidamente
Bald fand sie heraus, was die Ursache für das Schrumpfen war
Presto scoprì qual era la causa del restringimento
Der Federfächer machte sie wieder kleiner!
Il ventaglio di piume la stava rendendo di nuovo più piccola!
Und sie ließ hastig den Federfächer fallen
e lasciò cadere in fretta il ventaglio di piume
Sie ließ den Federfächer gerade noch rechtzeitig fallen, um

sich zu retten

Lasciò cadere il ventaglio di piume appena in tempo per salvarsi

Hätte sie sich noch länger Luft zugefächelt, wäre sie völlig zusammengeschrumpft

Se si fosse sventolata più a lungo, si sarebbe ritirata completamente

»Das war ein knappes Entkommen!« sagte Alice

«È stata una fuga per un pelo!» disse Alice

und sie erschrak sehr über die plötzliche Veränderung

e fu molto spaventata dall'improvviso cambiamento

aber sie war sehr froh, daß sie noch da war

ma era molto contenta di ritrovarsi ancora in vita

"Und jetzt ab in den Garten!"

«E ora, via in giardino!»

Und sie lief mit aller Geschwindigkeit zurück zu der kleinen Tür

E corse in tutta fretta verso la porticina

Aber ach! Das Türchen wurde wieder geschlossen

Ma, ahimè! La porticina fu chiusa di nuovo

Und das goldene Schlüsselchen lag wieder auf dem Glastisch

e la chiavetta d'oro giaceva di nuovo sul tavolo di vetro

"Es ist schlimmer als je!" dachte das arme Kind

"Le cose vanno peggio che mai," pensò la povera bambina

"So klein war ich noch nie, niemals!"

"Non sono mai stato così piccolo prima, mai!"

Bei diesen Worten rutschte ihr Fuß aus

Mentre pronunciava queste parole, il suo piede scivolò

Und im nächsten Augenblick gab es ein großes Plätschern!

e in un altro momento c'è stato un grande tonfo!

Sie stand bis zum Kinn im Salzwasser

Era immersa nell'acqua salata fino al mento

Ihre erste Idee war, dass sie irgendwie ins Meer gefallen war

La sua prima idea fu che in qualche modo fosse caduta in mare

Sie erkannte jedoch bald, worin sie sich befand

Tuttavia, si rese presto conto di cosa si trovava

Sie war in einer Tränenlache

Era in una pozza di lacrime

die Tränen, die sie geweint hatte, als sie zwei Meter groß war

le lacrime che aveva pianto quando era alta due metri

In diesem Augenblick hörte sie etwas

Proprio in quel momento sentì qualcosa

Etwas plätscherte im Pool herum

Qualcosa sguazzava in piscina

Das Plätschern kam aus einiger Entfernung

Gli schizzi provenivano da un po' lontano

und sie schwamm näher, um zu sehen, was das Plätschern war

e nuotò più vicino per vedere cosa fossero gli schizzi

Bald sah sie, dass es nur eine kleine Maus war

Ben presto vide che era solo un topolino

Auch die kleine Maus war ins Wasser geschlüpft

Anche il topolino era scivolato in acqua

Alice dachte bei sich über die Situation nach

Alice pensò tra sé e sé alla situazione

"Würde es etwas nützen, mit dieser Maus zu sprechen?"

«Sarebbe utile parlare con questo topo?»
"Hier unten steht alles auf dem Kopf"
"Tutto è così sottosopra quaggiù"
"Ich denke, es ist sehr wahrscheinlich, dass diese Maus sprechen kann."
"Dovrei pensare che molto probabilmente questo topo può parlare"
"Es schadet jedenfalls nicht, es zu versuchen"
"In ogni caso, non c'è nulla di male a provarci"
Also begann sie zu versuchen, mit der Maus zu sprechen
Così iniziò a cercare di parlare con il topo
"Oh Maus, kennst du den Weg aus diesem Pool?"
"Oh Mouse, conosci la via d'uscita da questa piscina?"
"Ich bin es leid, hier herumzuschwimmen, oh Maus!"
«Sono molto stanco di nuotare qui, Oh Topo!»
Die Maus schaute sie ziemlich neugierig an
Il topo la guardò con aria piuttosto curiosa
Die Maus schien mit einem ihrer kleinen Augen zu blinzeln
Il topo sembrava strizzare l'occhio con uno dei suoi occhietti
Aber die kleine Maus sagte nichts
ma il topolino non disse nulla
"Vielleicht versteht die Maus kein Englisch!" dachte Alice
«Forse il topo non capisce l'inglese», pensò Alice
"Ich wage zu behaupten, es ist eine französische Maus"
"Oserei dire che è un topo francese"
"Vielleicht kam diese Maus mit Wilhelm dem Eroberer herüber"
"forse questo topo è venuto con Guglielmo il Conquistatore"
Also fing sie wieder an, auf Französisch
Così ricominciò, in francese
"Wo ist meine Katze?", fragte sie auf Französisch
"Dov'è il mio gatto?" chiese in francese
es war der erste Satz in ihrem französischen Unterrichtsbuch
era la prima frase del suo libro di lezioni di francese
Die Maus machte einen plötzlichen Sprung aus dem Wasser
Il Topo fece un balzo improvviso fuori dall'acqua
Und die Maus schien am ganzen Leibe vor Schreck zu

zittern

e il topo sembrava tremare tutto per lo spavento

"Oh, ich bitte um Verzeihung!" rief Alice hastig

«Oh, vi chiedo scusa!» esclamò Alice in fretta

Sie fürchtete, sie habe die Gefühle des armen Tieres verletzt

Aveva paura di aver ferito i sentimenti del povero animale

"Ich habe ganz vergessen, dass du keine Katzen magst"

"Dimenticavo che non ti piacevano i gatti"

"Ich mag keine Katzen!" rief die Maus mit schriller, leidenschaftlicher Stimme

«Non mi piacciono i gatti!» esclamò il Topo con voce stridula e appassionata

"Hättest du gerne Katzen, wenn du ich wärst?"

"Ti piacerebbero i gatti, se fossi in me?"

Alice tröstete die Maus in einem beruhigenden Ton

Alice confortò il topo con un tono rassicurante

"Naja, vielleicht würde ich an deiner Stelle auch keine Katzen mögen"

"Beh, forse non mi piacerebbero nemmeno i gatti se fossi in te"

"Bitte ärgern Sie sich nicht über die Erwähnung von Katzen"

"Per favore, non arrabbiatevi per la menzione dei gatti"

"Und doch wünschte ich, ich könnte dir unsere Katze Dina zeigen"

"Eppure vorrei poterti mostrare la nostra gatta Dinah"

"Wenn du sie treffen würdest, würdest du wohl Gefallen an Katzen finden"

"Se la incontrassi penso che ti invagheresti dei gatti"

"Wenn du sie nur sehen könntest"

"Se solo potessi vederla"

"Sie ist so ein liebes, stilles Ding"

"È una cosa così cara e tranquilla"

Die Maus zitterte am ganzen Körper

Il topo tremava dappertutto

Alice war sich sicher, dass die Maus wirklich beleidigt sein musste

Alice era certa che il topo si fosse davvero offeso

"Wir reden nicht mehr über sie, wenn du lieber nicht willst"

"Non parleremo più di lei, se preferisci di no"
"Wir, allerdings!" rief die Maus
«Noi, davvero!» gridò il Topo
Die Maus zitterte bis zum Ende ihres Schwanzes
Il topo tremava fino alla fine della coda
»Als ob ich über so ein Thema reden würde!«
«Come se dovessi parlare di un argomento del genere!»
"Unsere Familie hat Katzen schon immer gehasst"
"La nostra famiglia ha sempre odiato i gatti"
"Katzen; Gemeine, niedrige, gemeine Dinger!"
"gatti; cose brutte, basse, volgari!"
"Laß mich den Namen nicht noch einmal hören!"
"Non farmi sentire di nuovo quel nome!"
"Katzen will ich ja nicht mehr erwähnen!" sagte Alice
«Non parlerò più di gatti!» disse Alice
Sie hatte es sehr eilig, das Thema zu wechseln
Aveva una gran fretta di cambiare argomento
"Bist du... Lieben Sie Hunde?«
"Sei... Ti piacciono i cani?"
**"Es gibt so einen netten kleinen Hund in der Nähe unseres
Hauses."**
"C'è un cagnolino così simpatico vicino a casa nostra,"
"Ich möchte dir den kleinen Hund zeigen!"
"Vorrei mostrarti il cagnolino!"
"Dieser kleine Hund tötet alle Ratten und...
"Questo cagnolino uccide tutti i topi e...
»O je!« rief Alice in traurigem Tone
«Oh, mio Dio!» esclamò Alice in tono addolorato
»Ich fürchte, ich habe dich schon wieder beleidigt!«
«Temo di averti offeso di nuovo!»
Die Maus schwamm so schnell sie konnte von ihr weg
Il topo nuotava via da lei il più velocemente possibile
Und die Maus machte einen ziemlichen Aufruhr im Tümpel
e il topo fece un bel trambusto in piscina
Da rief sie leise der Maus nach
Così chiamò dolcemente il topo
"Meine liebe Maus, komm bitte zurück!"

"Mio caro topo, per favore torna indietro!"
"Und wir werden nicht über Katzen sprechen"
"E non parleremo di gatti"
"Und über Hunde müssen wir auch nicht reden"
"E non dobbiamo nemmeno parlare di cani"
Als die Maus das hörte, drehte sie sich um
Quando il topo sentì ciò, si voltò
Und die kleine Maus schwamm langsam zu ihr zurück
e il topolino nuotò lentamente verso di lei
Das Gesicht der Maus war ganz blaß
Il viso del topo era piuttosto pallido
Und die Maus sprach mit leiser, zitternder Stimme
e il topo parlò, con voce bassa e tremante
"Lasst uns ans Ufer gehen"
"Arriviamo alla riva"
"Und dann erzähle ich dir meine Geschichte"
"e poi ti racconto la mia storia"
**"Und du wirst verstehen, warum ich Katzen und Hunde
hasse"**
"e capirai perché odio cani e gatti"
Es war höchste Zeit zu gehen
Era giunto il momento di partire
weil der Pool ziemlich voll wurde
perché la piscina stava diventando piuttosto affollata
Andere Vögel und Tiere waren in den Pool gefallen
Altri uccelli e animali erano caduti nella piscina
es gab eine Ente und einen Dodo
c'erano un Duck e un Dodo
und da waren ein Lory-Vogel und ein Adler
e c'erano un uccello Lori e un Aquilotto
**und es gab noch einige andere interessant aussehende
Kreaturen**
E c'erano molte altre creature dall'aspetto interessante
Alice führte den Weg aus dem Pool
Alice aprì la via d'uscita dalla piscina
und die ganze Gesellschaft der Tiere schwamm ans Ufer
e l'intero gruppo di animali nuotò fino alla riva

Ein Caucus-Rennen und ein langer Schwanz
Una corsa al caucus e una lunga coda
Es waren in der Tat ein lustig aussehender Haufen Tiere
Erano davvero un gruppo di animali dall'aspetto buffo
und sie versammelten sich alle am Ufer des Wassers
e tutti si radunarono sulla riva dell'acqua
die Vögel hatten alle zerzauste Federn
gli uccelli avevano tutti le piume arruffate
und die pelzigen Tiere waren durchnässt
e gli animali pelosi erano fradici
und alle waren triefend nass, genervt und unwohl
e tutti gocciolavano bagnati, infastiditi e a disagio

Es gab eine Frage, die zuerst beantwortet werden musste
C'era una domanda a cui bisognava rispondere per prima
Was ist der beste Weg für alle, um trocken zu werden?
Qual è il modo migliore per tutti di asciugarsi?
Sie hatten eine Konsultation zu diesem Thema
Hanno avuto una consultazione su questa questione

Bald waren sie alle auf vertrautem Einvernehmen
Ben presto furono tutti in rapporti familiari
Es war, als ob sie sie ihr ganzes Leben lang gekannt hätte
Era come se li conoscesse da tutta la vita
Die Maus schien eine Person mit einer gewissen Autorität zu sein
Il topo sembrava essere una persona di una certa autorità
"Setzt euch, ihr alle, und hört mir zu!"
"Sedetevi, tutti voi, e ascoltatemi!"
"Ich werde euch bald wieder alle trocken machen!"
"Presto vi farò asciugare di nuovo!"
Sie setzten sich alle auf einmal in einem großen Ring nieder
Si sedettero tutti insieme, in un grande cerchio
Und die kleine Maus saß in der Mitte
e il topolino si sedette nel mezzo
"Ähm!" sagte die Maus mit einer wichtigen Miene
«Ehm!» disse il topo con aria importante
"Seid ihr bereit?"
"Siete tutti pronti?"
"Das ist das Trockenste, was ich kenne"
"Questa è la cosa più secca che conosca"
»Schweigen Sie ringsum, wenn Sie wollen!«
«Silenzio tutto intorno, per favore!»
"Wilhelm der Eroberer wurde vom Papst begünstigt"
"Guglielmo il Conquistatore fu favorito dal papa"
"aber er wurde bald von den Engländern unterworfen"
"ma fu presto sottomesso dagli inglesi"
"Sie wollten in letzter Zeit Führer"
"Volevano leader negli ultimi tempi"
"Und sie waren an Macht und Eroberung gewöhnt"
"Ed erano abituati al potere e alla conquista"
"Edwin und Morcar, die Grafen von Mercia und Northumbria"
"Edwin e Morcar, i conti di Mercia e Northumbria"
»Pfui!« sagte der Lori-Vogel mit einem Schauer
«Uffa!» disse l'uccello lori, con un brivido
"und sogar Stigand, der patriotische Erzbischof von

Canterbury"
"e persino Stigand, l'arcivescovo patriottico di Canterbury"
"Er fand es auch ratsam"
"Anche lui lo trovò consigliabile"
"Was hielt er für ratsam?" fragte die Ente
«Che cosa ha trovato consigliabile?» disse l'anatra
"Er fand es ratsam", antwortete die Maus ziemlich verärgert
«L'ha trovato consigliabile» rispose il topo piuttosto irritato
aber die Ente war nicht zufrieden
ma l'anatra non era soddisfatta
"Natürlich weißt du, was 'es' bedeutet"
"Certo, sai cosa significa 'esso'"
"Ich weiß, was es ist, wenn ich etwas finde," sagte die Ente
«So cos'è quando trovo una cosa», disse l'anatra
"Es ist in der Regel ein Frosch oder ein Wurm"
"Generalmente è una rana o un verme"
"Die Frage ist, was hat der Erzbischof gefunden?"
"La domanda è: cosa ha trovato l'arcivescovo?"
Die Maus bemerkte diese Frage nicht
Il topo non si è accorto di questa domanda
Stattdessen fuhr die Maus hastig mit der Rede fort
Invece, il topo proseguì in fretta con il discorso
"Er fand es ratsam, mit Edgar Atheling zu gehen"
"ha trovato consigliabile andare con Edgar Atheling"
"um William zu treffen und ihm die Krone anzubieten"
"per incontrare Guglielmo e offrirgli la corona"
fuhr die Maus fort und wandte sich dabei an Alice
il topo continuò, voltandosi verso Alice mentre parlava
»Wie geht es dir jetzt, meine Liebe?«
«Come te la cavi adesso, mia cara?»
»So naß wie immer,« sagte Alice in melancholischem Tone
«Bagnata come sempre», disse Alice in tono malinconico
"Diese Geschichte scheint mich überhaupt nicht
auszutrocknen"
"Questa storia non sembra asciugarmi affatto"
»In diesem Falle,« sagte der Dodo feierlich und erhob sich
«In tal caso», disse solennemente il dodo, alzandosi in piedi

"Ich stimme dafür, dass die Sitzung vertagt wird"

"Voto per l'aggiornamento della riunione"

"und ich schlage vor, sofort energischere Heilmittel zu ergreifen"

"e propongo l'adozione immediata di rimedi più energici"

"Sprich wahre Worte!" sagte der Adler

"Dì parole vere!" disse l'aquilotto

"Ich weiß nicht, was die Hälfte dieser langen Worte bedeutet"

"Non conosco il significato di metà di quelle lunghe parole"

»und außerdem glaube ich nicht, daß Sie es wissen!«

«e, per di più, non credo che lo sappiate nemmeno voi!»

»Was ich sagen wollte«, sagte der Dodo in beleidigtem Ton

«Quello che stavo per dire» disse il dodo in tono offeso

"Das Beste, was uns trocken kriegt, wäre ein Caucus-Rennen"

"La cosa migliore per farci asciugare sarebbe una gara di caucus"

»Was ist ein Caucus-Rennen?« fragte Alice

«Che cos'è una corsa al caucus?» chiese Alice

"Nun", sagte der Dodo, "der beste Weg, es zu erklären, ist, es zu tun."

"Beh," disse il dodo, "il modo migliore per spiegarlo è farlo."

"Zuerst steckte der Dodo eine Rennbahn ab"

"Per prima cosa il dodo ha tracciato un percorso di gara"

"Die Strecke verlief in einer Art Kreis"

"La pista era in una sorta di cerchio"

"Und dann wurde die ganze Gesellschaft entlang der Strecke platziert"

"e poi tutto il gruppo è stato posizionato lungo il percorso"

Es gab kein "Eins, zwei, drei und weg!"

Non c'era nessun "Uno, due, tre e via!"

aber sie fingen an zu rennen, wann sie wollten

ma hanno iniziato a correre quando gli piaceva

Und sie beendeten auch, wenn sie wollten

e finivano anche quando volevano

Es war also nicht einfach zu wissen, wann das Rennen vorbei war

Quindi non era facile sapere quando la gara era finita

Nach etwa einer halben Stunde Laufen waren sie alle ziemlich trocken

Dopo circa mezz'ora di corsa erano tutti abbastanza asciutti

der Dodo rief plötzlich: "Das Rennen ist vorbei!"

il dodo gridò all'improvviso: "La gara è finita!"

Und sie drängten sich alle um den Dodo

e tutti si affollarono intorno al dodo

Alle Tiere hechelten und schnauften

Tutti gli animali ansimavano e sbuffavano

und sie alle wollten wissen: "Aber wer hat gewonnen?"

e tutti volevano sapere: "Ma chi ha vinto?".

Diese Frage konnte der Dodo nicht sofort beantworten

A questa domanda il dodo non seppe rispondere immediatamente

Zuerst musste er sehr viel nachdenken

Prima dovette riflettere molto

Nach langem Nachdenken sprach der Dodo schließlich

Dopo aver riflettuto a lungo, il Dodo finalmente parlò

"Jeder hat gewonnen, und jeder muss Preise haben"
"Tutti hanno vinto, e tutti devono avere dei premi"
»Aber wer soll die Preise geben?« fragte ein Chor von Stimmen
«Ma chi darà i premi?» chiese un coro di voci
"Nun, sie natürlich", sagte der Dodo
«Beh, lei, naturalmente» disse il dodo
und der Dodo deutete mit einem Finger auf Alice
e il dodo indicò con un dito Alice
und die ganze Gesellschaft von Tieren drängte sich um sie
e tutta la comitiva di animali si affollava intorno a lei
sie riefen verwirrt: »Preise! Preise!"
gridarono, in modo confuso: "Premi! Premi!"
Alice hatte keine Ahnung, was sie tun sollte
Alice non aveva idea di cosa fare
Verzweifelt steckte sie die Hand in die Tasche
disperata si mise la mano in tasca
Und sie zog eine Schachtel mit Süßigkeiten hervor
e tirò fuori una scatola di dolci
Glücklicherweise war das Salzwasser nicht in den Kasten gelangt
per fortuna l'acqua salata non era entrata nella scatola
Und sie reichte die Süßigkeiten als Preise herum
e porse i dolci in giro come premi
Es gab genau ein Stück für jeden
C'era esattamente un pezzo per tutti
Das nächste, was sie tun mussten, war, die Süßigkeiten zu essen
La prossima cosa che dovevano fare era mangiare i dolci
Dies verursachte einige Geräusche und Verwirrung
Questo ha causato un po' di rumore e confusione
Die großen Vögel klagten, dass sie ihre Süßigkeiten nicht schmecken konnten
I grandi uccelli si lamentavano di non poter assaggiare i loro dolci
Die Kleinen verschluckten sich und mussten auf den Rücken geklopft werden

I piccoli si soffocavano e dovevano essere accarezzati sulla schiena
Doch dann war es endlich vorbei
Tuttavia, alla fine era finita
Und sie setzten sich wieder in einem Ring nieder
e si sedettero di nuovo in cerchio
Und sie flehten die Maus an, ihnen noch etwas zu erzählen
e pregarono il topo di dire loro qualcosa di più
»Du hast versprochen, mir deine Geschichte zu erzählen, weißt du,« sagte Alice
«Mi hai promesso di raccontarmi la tua storia, lo sai», disse Alice
und sie machte noch eine kleine Bemerkung über Katzen im Flüsterton
E fece un'altra piccola osservazione sui gatti in un sussurro
Sie wollte die Maus nicht noch einmal beleidigen
Non voleva offendere di nuovo il topo
die kleine Maus drehte sich zu Alice um und seufzte
il topolino si voltò verso Alice e sospirò
"Meine Geschichte ist lang und traurig!"
"La mia è una storia lunga e triste!"
»Es ist gewiß ein langer Schwanz,« sagte Alice
«È una lunga coda, certamente» disse Alice
Und sie blickte verwundert auf den Schwanz der Maus hinunter
E guardò con meraviglia la coda del topo
"Aber warum nennst du es einen traurigen Schwanz?"
"Ma perché la chiami coda triste?"
Und sie rätselte unaufhörlich, während die Maus sprach
E continuava a chiedersi mentre il topo parlava
so daß ihre Vorstellung von der Geschichte ungefähr so aussah
così che la sua idea del racconto era qualcosa del genere

"Fury said to
a mouse, That
he met in the
house, 'Let
us both go
to law: *I*
will prosecute
you.——
Come, I'll
take no denial:
We must have
the trial;
For really
this morning
I've
nothing
to do.'
Said the
mouse to
the cur,
'Such a
trial, dear
sir, With
no jury
or judge,
would
be wasting
our
breath.'
'I'll be
judge,
I'll be
jury,'
said
cunning
old
Fury;
'I'll
try
the
whole
cause,
and
condemn
you to
death.'"

Fury sagte zu einer Maus, die er im Haus getroffen hat."

Furia disse a un topo: "Che si è incontrato in casa"

Lasst uns beide vor Gericht gehen: Ich werde euch anklagen

Andiamo entrambi in tribunale: ti perseguirò

Kommen Sie, ich leugne es nicht: Wir müssen den Prozeß haben

Vieni, non accetterò alcuna negazione: dobbiamo avere il processo

Denn heute morgen habe ich wirklich nichts zu tun

Perché davvero stamattina non ho niente da fare
Sagte die Maus zum Pfarrer;
Disse il topo al maledetto;
**Ein solcher Prozeß, lieber Herr, ohne Geschworene und
Richter, würde uns den Atem rauben**
Un processo del genere, caro signore, senza giuria o giudice, ci
farebbe perdere il fiato
**»Ich werde Richter sein, ich werde Geschworener sein«,
sagte der schlaue alte Fury**
«Sarò giudice, sarò giuria» disse l'astuto vecchio Fury
**Ich werde die ganze Sache prüfen und dich zum Tode
verurteilen**
Proverò tutta la causa e ti condannerò a morte
die Maus sprach streng zu Alice
il topo parlò severamente ad Alice
"Du passt nicht auf!"
"Non stai prestando attenzione!"
"Woran denkst du?"
"A cosa stai pensando?"
»Ich bitte um Verzeihung,« sagte Alice sehr demütig
«Vi chiedo scusa», disse Alice molto umilmente
»Sie waren in der fünften Kurve angelangt, glaube ich?«
«Eri arrivato alla quinta curva, credo?»
"Du beleidigst mich, indem du so einen Unsinn redest!"
"Mi insulti dicendo queste sciocchezze!"
Und die Maus stand auf und ging weg
e il topo si alzò e se ne andò
Alice rief der kleinen Maus hinterher
Alice chiamò il topolino
"Bitte komm zurück und beende deine Geschichte!"
"Per favore, torna e finisci la tua storia!"
Und die andern stimmten alle in den Chor ein
E gli altri si unirono tutti in coro
"Ja, bitte beenden Sie Ihre Geschichte!"
"Sì, per favore, finisci la tua storia!"
Aber die Maus schüttelte nur ungeduldig den Kopf
Ma il topo scosse la testa con impazienza

Und die kleine Maus ging ein wenig schneller
e il topolino camminò un po' più in fretta
"Ich wünschte, ich hätte Dinah, unsere Katze, hier!" sagte Alice
«Vorrei avere qui Dinah, la nostra gatta!» disse Alice
Dies erregte in der Partei ein bemerkenswertes Aufsehen
Ciò causò una notevole sensazione tra il partito
Einige der Vögel eilten sofort davon
Alcuni uccelli si affrettarono ad andarsene subito
und ein Kanarienvogel rief mit zitternder Stimme seinen Kindern zu;
e un canarino chiamò con voce tremante i suoi figli;
»Kommt fort, meine Lieben!«
"Venite via, miei cari!"
"Es ist höchste Zeit, dass ihr alle im Bett seid!"
"È giunto il momento che siate tutti a letto!"
Mit verschiedenen Ausreden gingen sie alle weg
con varie scuse se ne andarono tutti
und Alice war bald allein
e Alice fu presto lasciata sola
"Ich wünschte, ich hätte Dina nicht erwähnt!"
«Vorrei non aver menzionato Dinah!»
"Niemand scheint sie hier unten zu mögen"
"Sembra che non piaccia a nessuno quaggiù"
"Aber ich bin mir sicher, dass sie die beste Katze von der Welt ist!"
"ma sono sicuro che è il miglior gatto del mondo!"
Die arme Alice fing wieder an zu weinen
La povera Alice ricominciò a piangere
weil sie sich sehr einsam und niedergeschlagen fühlte
perché si sentiva molto sola e di cattivo umore
Nach einer Weile aber hörte sie wieder etwas
Dopo un po', però, sentì di nuovo qualcosa
ein leises Getrappel von Schritten in der Ferne
un piccolo scalpiccio di passi in lontananza
und sie blickte eifrig auf
e alzò gli occhi con impazienza

Der Hase schickt den kleinen Mr. Bill herein
Il coniglio manda dentro il piccolo Mr Bill

**Es war das weiße Kaninchen, das langsam wieder
zurücktrabte**
Era il coniglio bianco, che trotterellava lentamente di nuovo
indietro
Er sah sich ängstlich um, während er ging
Si guardava intorno ansiosamente mentre se ne andava
Er sah aus, als hätte er etwas verloren
sembrava che avesse perso qualcosa
Alice hörte, wie er vor sich hin murmelte
Alice lo sentì borbottare tra sé e sé
»Die Herzogin! Die Herzogin! Oh, meine lieben Pfoten!"
"La duchessa! La Duchessa! Oh, mie care zampe!"
"Oh, mein Fell und meine Schnurrhaare!"
"Oh, la mia pelliccia e i miei baffi!"
"Sie wird mich hinrichten lassen, da bin ich mir sicher"
"Mi farà giustiziare, ne sono sicuro"
"Genauso sicher, wie Frettchen Frettchen sind!"
"Proprio come i furetti sono furetti!"
**"Wo kann ich meine Sachen abgestellt haben, frage ich
mich?"**
«Dove posso aver lasciato cadere le mie cose, mi chiedo?»

Alice erriet in einem Augenblick, was er suchte
Alice indovinò in un attimo cosa stava cercando
Er war auf der Suche nach dem Federfächer
Stava cercando il ventaglio di piume
Und er suchte nach dem Paar weißer Handschuhe
e stava cercando il paio di guanti bianchi
So machte sie sich sehr gutmütig auf die Suche nach den Handschuhen
Così si mise molto bonariamente a cercare i guanti
Und sie suchte auch nach dem Federfächer
e anche lei cercò il ventaglio di piume
Aber die Handschuhe und der Federfächer waren nirgends zu sehen
Ma i guanti e il ventaglio di piume non si vedevano da nessuna parte
Alles schien sich verändert zu haben, seit sie im Pool geschwommen war
Tutto sembrava essere cambiato da quando aveva nuotato in piscina
Nichts war mehr so, wie es war, seit sie in der Großen Halle gewesen war
Niente era più lo stesso da quando era stata nella Sala Grande
und der Glastisch war verschwunden
e il tavolo di vetro era svanito
Und die kleine Tür war auch nicht da
E nemmeno la porticina c'era
Sehr bald bemerkte das Kaninchen Alice
Ben presto il coniglio notò Alice
rief er ihr in zornigem Ton zu
La chiamò in tono arrabbiato
"Mary Ann, was machst du hier draußen?"
"Mary Ann, cosa ci fai qui?"
"Lauf in diesem Moment nach Hause"
"Corri a casa in questo momento"
"Und hol mir ein Paar Handschuhe und einen Federfächer!"
"E portami un paio di guanti e un ventaglio di piume!"
"Und beeil dich!"

"E fai in fretta!"
Alice sprach mit sich selbst, als sie davonrannte
Alice parlava a se stessa mentre correva via
"Er muss mich für sein Hausmädchen gehalten haben!"
«Deve avermi scambiata per la sua cameriera!»
"Wie überrascht wird er sein, wenn er herausfindet, wer ich bin!"
«Come sarà sorpreso quando scoprirà chi sono!»
Während sie dies sagte, stieß sie auf ein hübsches Häuschen
Mentre diceva questo, si imbatté in una casetta ordinata
An der Tür des Hauses hing eine helle Messingplatte
Sulla porta della casa c'era una targa di ottone lucido
"W. HASE"
"W. CONIGLIO"
Sie trat ein, ohne an die Tür zu klopfen
Entrò senza bussare alla porta
und sie eilte geradewegs die Treppe hinauf
e si affrettò a salire le scale
sie machte sich Sorgen, dass sie die echte Mary Ann treffen könnte
era preoccupata di poter incontrare la vera Mary Ann
denn dann würde sie aus dem Haus gejagt werden
perché allora sarebbe stata cacciata di casa
Und sie würde den Federfächer und die Handschuhe nicht finden können
E non sarebbe stata in grado di trovare il ventaglio di piume e i guanti
Alice hatte den Weg in ein aufgeräumtes Kämmerlein gefunden
Alice aveva trovato la strada in una stanzetta ordinata
Im Zimmer stand ein Tisch am Fenster
Nella stanza c'era un tavolo vicino alla finestra
und auf dem Tisch stand ein Federfächer
e sul tavolo c'era un ventaglio di piume
Und da waren zwei oder drei Paar winzige weiße Handschuhe
e c'erano due o tre paia di minuscoli guanti bianchi

Sie hob den Federfächer und ein Paar Handschuhe auf
Raccolse il ventaglio di piume e un paio di guanti
und sie war eben im Begriff, das Zimmer zu verlassen
e stava per lasciare la stanza
Aber dann fiel ihr Blick auf ein Fläschchen
ma poi i suoi occhi caddero su una bottiglietta
Sie entkorkte die Flasche und führte sie an ihre Lippen
Stappò la bottiglia e se la portò alle labbra
"Ich hoffe, dass ich dadurch wieder groß werde"
"Spero davvero che mi faccia crescere di nuovo"
"Ich bin es leid, so ein winziges Ding zu sein!"
"Sono stanca di essere una cosa così piccola!"
Alice hatte kaum die halbe Flasche getrunken
Alice aveva bevuto a malapena metà della bottiglia
Ihr Kopf drückte bereits gegen die Decke
La sua testa stava già premendo contro il soffitto
und sie musste sich bücken
E ha dovuto chinarsi
um ihr das Genick vor dem Genickbruch zu bewahren
per salvare il suo collo dalla rottura
Hastig stellte sie die Flasche ab
Posò in fretta la bottiglia
"Das reicht"
"Basta"
"Ich hoffe, ich wachse nicht mehr"
"Spero di non crescere più"
Leider! Es war zu spät, das zu wünschen!
Ahimé! Era troppo tardi per augurarlo!
Sie wuchs und wuchs weiter
Ha continuato a crescere e crescere
und sehr bald musste sie sich auf den Boden knien
e ben presto dovette inginocchiarsi sul pavimento
und selbst dann wuchs sie weiter
e anche allora continuava a crescere
Als letztes Mittel streckte sie einen Arm aus dem Fenster
Come ultima risorsa mise un braccio fuori dalla finestra
und sie setzte einen Fuß auf den Schornstein

e mise un piede su per il camino
"Jetzt kann ich nicht mehr, was auch immer passiert"
"Ora non posso più fare, qualunque cosa accada"
»Was wird aus mir?«
"Che ne sarà di me?"

Alice hatte Glück
Alice ha avuto un po' di fortuna
Das kleine Zauberfläschchen hatte seine volle Wirkung entfaltet
La bottiglietta magica aveva avuto tutto il suo effetto
und Alice wurde nicht größer, als sie war
e Alice non crebbe più di quanto non fosse
Nach ein paar Minuten hörte sie draußen eine Stimme
Dopo qualche minuto sentì una voce fuori
Und sie blieb stehen, um der Stimme zu lauschen
e si fermò ad ascoltare la voce
»Mary Ann! Mary Ann!« sagte die Stimme
«Mary Ann! Mary Ann!» disse la voce
"Hol mir gleich meine Handschuhe!"
"Portami i miei guanti in questo momento!"
Dann ertönte ein leises Getrappel von Füßen auf der Treppe
Poi venne un piccolo picchiettio di piedi sulle scale
Alice wusste, dass es das Kaninchen war, das kam, um sie zu

suchen

Alice sapeva che era il coniglio che veniva a cercarla

und sie zitterte, bis sie das Haus erschütterte

e tremò fino a scuotere la casa

Sie vergaß ganz, welche Proportionen sie hatte

Aveva completamente dimenticato quali fossero le sue proporzioni

Sie war tausendmal so groß wie das Kaninchen

Era mille volte più grande del coniglio

und sie hatte keinen Grund, sich vor einem Kaninchen zu fürchten

e non aveva motivo di aver paura di un coniglio

Bald kam das Kaninchen an die Tür heran

Di lì a poco il coniglio si avvicinò alla porta

Und das kleine Kaninchen versuchte, die Tür zu öffnen

e il coniglietto cercò di aprire la porta

Die Tür begann sich nach innen zu öffnen

La porta iniziò ad aprirsi verso l'interno

aber Alices Ellbogen wurde hart gegen die Tür gedrückt

ma il gomito di Alice era premuto con forza contro la porta

Dieser Versuch erwies sich als Fehlschlag

Quel tentativo si è rivelato un fallimento

Alice hörte, wie das Kaninchen mit sich selbst sprach

Alice sentì il coniglio parlare da solo

"Dann gehe ich herum und steige durch das Fenster ein"

"Allora vado in giro ed entro dalla finestra"

"Das wirst du nicht!" dachte Alice

«Non lo farai!» pensò Alice

und sie wartete wieder ein wenig

e aspettò ancora un po'

Bald hörte sie das Kaninchen gerade unter dem Fenster

Poco dopo sentì il coniglio proprio sotto la finestra

Plötzlich streckte sie ihre Hand aus

All'improvviso allargò la mano

Und sie machte einen Sprung in die Luft

e fece uno strappo in aria

Sie bekam nichts in die Finger

Non si è impossessata di nulla
aber sie hörte einen kleinen Schrei und einen Sturz
ma sentì un piccolo grido e una caduta
und sie hörte ein Krachen von zerbrochenem Glas
e sentì uno schianto di vetri rotti
Vielleicht war das Kaninchen gefallen
Forse il coniglio era caduto
Vielleicht war er in einem Gewächshaus
forse era in una serra
Dann ertönte eine zornige Stimme; Die Stimme des Kaninchens
Poi giunse una voce arrabbiata; La voce del coniglio
"Pat, wo bist du?"
"Pat, dove sei?"
Und dann ertönte eine Stimme, die sie noch nie zuvor gehört hatte
E poi arrivò una voce che non aveva mai sentito prima
"Euer Ehren, ich bin hier!"
"Vostro onore, sono qui!"
"Ich grabe nach Äpfeln"
"Sto scavando in cerca di mele"
»Hier! Komm und hilf mir da raus!"
"Ecco! Vieni ad aiutarmi a uscire da questa situazione!"
»Nun sag mir, Pat, was ist das da im Fenster?«
«Adesso dimmi, Pat, che cosa c'è nella finestra?»
"Sicher, Euer Ehren, ich werde es Ihnen sagen"
"Certo, vostro onore, ve lo dirò"
"Das ist ein Arm, der im Fenster steckt!"
"È un braccio che è nella finestra!"
"Na ja, da hat ein Arm nichts zu suchen"
"Beh, un braccio non ha nulla da fare lì"
"Geh und nimm den Arm weg!"
"Va' e porta via il braccio!"
Hierauf trat ein langes Schweigen ein
Dopo questo ci fu un lungo silenzio
und Alice konnte nur ab und zu ein Flüstern hören
e Alice sentiva solo sussurri di tanto in tanto

und endlich streckte sie die Hand wieder aus

e alla fine allargò di nuovo la mano

Und sie machte einen weiteren Sprung in die Luft

e fece un altro strappo in aria

Diesmal gab es zwei kleine Schreie

Questa volta ci sono state due piccole grida

und es gab noch mehr Geräusche von zerbrochenem Glas

e c'erano altri rumori di vetri rotti

"Ich möchte wohl wissen, was sie nun tun werden!" dachte Alice

«Chissà che cosa faranno dopo!» pensò Alice

"Ich wünschte, sie würden mich aus dem Fenster ziehen"

"Vorrei che mi tirassero fuori dalla finestra"

Sie wartete eine Weile

Ha aspettato un po' di tempo

aber eine Weile hörte sie nichts mehr

ma per un po' non sentì più nulla

Endlich ertönte das Rumpeln kleiner Rädchen

Alla fine arrivò un rombo di piccole ruote

Und da ertönten viele Stimmen

e giunse il suono di un bel po' di voci

Alle Stimmen sprachen miteinander

Tutte le voci parlavano tra loro

Sie konnte einige der Worte verstehen

Riusciva a distinguere alcune delle parole

"Wo ist die andere Leiter?"

"Dov'è l'altra scala?"

"Bill hat die andere Leiter"

"Bill ha l'altra scala"

"Bill, komm her!"

«Bill, vieni qui!»

"Wird das Dach die Last tragen?"

"Il tetto sopporterà il carico?"

"Wer will schon den Schornstein hinuntergehen?"

"Chi vuole scendere dal camino?"

»Nein, das werde ich nicht! Du machst es!"

«No, non lo farò! Fallo tu!»

»Hier, Bill!«

«Ecco, Bill!»

"Der Meister sagt, du musst in den Schornstein hinunter!"

«Il padrone dice che devi scendere dal camino!»

Alice zog ihren Fuß so weit den Schornstein hinab, wie sie konnte

Alice tirò il piede giù per il camino il più possibile

Und dann wartete sie, was kommen würde

E poi aspettò di vedere cosa stava per succedere

Sie hörte ein kleines Tier kratzen und krabbeln

Sentì un animaletto graffiare e arrampicarsi

Das Tierchen muss sich im Schornstein befinden

l'animaletto deve essere nel camino

dann gab sie einen scharfen Tritt

Poi diede un calcio secco

Und sie wartete ab, was als nächstes geschehen würde

E aspettò di vedere cosa sarebbe successo dopo

Sie hörte einen allgemeinen Chor von Stimmen

Sentì un coro generale di voci

"Da geht Bill!", sagten alle

«Ecco Bill!» dissero tutti

Dann hörte sie allein die Stimme des Kaninchens

Poi sentì la voce del coniglio da sola

"Du an der Hecke, fang ihn!"

"Tu vicino alla siepe, prendilo!"

Es trat wieder ein Augenblick des Schweigens ein

Ci fu un altro momento di silenzio

Und dann gab es wieder ein Stimmengewirr

E poi c'è stata un'altra confusione di voci

"Halt seinen Kopf hoch, Brandy"

"Alza la testa, Brandy"

"Pass auf, dass du ihn nicht würgst"

"Attenzione a non soffocarlo"

"Was ist mit dir passiert?"

"Che cosa ti è successo?"

Zuletzt kam eine kleine, schwache, quietschende Stimme

Per ultimo arrivò una voce un po' debole e stridula

"Nun, ich weiß es kaum mehr"

"Beh, non so quasi più"

"Danke euch allen, mir geht es jetzt besser"

"grazie a tutti, ora sto meglio"

"Es gibt eine Sache, an die ich mich erinnern kann"

"C'è una cosa che riesco a ricordare"

"Irgendetwas kommt auf mich zu wie ein Zug im Tunnel"

"Qualcosa mi viene addosso come un treno in un tunnel"

"Und ich fliege hoch wie eine Rakete!"

"e su volo come un razzo del cielo!"

Es gab ein oder zwei Minuten des Schweigens

Ci sono stati un minuto o due di silenzio

Und dann fingen sie wieder an, sich zu bewegen

e poi ripresero a muoversi

und Alice hörte das Kaninchen wieder sprechen

e Alice sentì di nuovo parlare il Coniglio

"Ein Karren voll reicht für den Anfang"

"Va bene una carriola, tanto per cominciare"

"Einen Karren voll wovon?" dachte Alice

«Un mucchio di che cosa?» pensò Alice

Aber sie wurde nicht lange in Atem gehalten

Ma non fu tenuta con il fiato sospeso a lungo

Ein Regen von kleinen Kieselsteinen drang durch das Fenster

Una pioggia di sassolini entrava dalla finestra

und einige der kleinen Kieselsteine trafen sie im Gesicht

e alcuni dei piccoli sassolini la colpirono in faccia

Alice wunderte sich über die kleinen Kieselsteine

Alice era sorpresa dai piccoli sassolini

all die kleinen Kieselsteine verwandelten sich in Kuchen

Tutti i sassolini si stavano trasformando in torte

und eine glänzende Idee kam ihr in den Kopf

e un'idea brillante le venne in mente

"Einen von diesen Kuchen sollte ich essen"

"Dovrei mangiare una di queste torte"

"Der Kuchen wird sicher etwas an meiner Größe ändern"

"La torta farà sicuramente qualche cambiamento nella mia

taglia"
Also schluckte sie einen der Kuchen
Così ingoiò una delle torte
und sie freute sich, als sie feststellte, dass sie anfing zu schrumpfen
E fu felice di scoprire che cominciò a rimpicciolirsi
Bald war sie klein genug, um durch die Tür zu kommen
Ben presto fu abbastanza piccola da passare attraverso la porta
Sie rannte aus dem Haus
Corse fuori di casa
Draußen wartete eine Menge kleiner Tiere und Vögel
Una folla di animaletti e uccelli aspettava fuori
alle kleinen Vögel und Tiere stürzten sich auf Alice
tutti gli uccellini e gli animali si precipitarono verso Alice
aber sie rannte davon, so schnell sie konnte
ma corse via più in fretta che poté
und bald fand sie sich sicher in einem dichten Walde
e ben presto si ritrovò al sicuro in un fitto bosco
Alice irrte im Walde umher
Alice vagava per il bosco
Und sie dachte bei sich:
E pensò tra sé:
"Ich weiß, was ich zuerst zu tun habe"
"So cosa devo fare per primo"
"erst muss ich wieder auf meine richtige Größe wachsen"
"prima devo crescere di nuovo alla mia giusta dimensione"
"Und dann muss ich den Weg in diesen schönen Garten finden"
"e poi devo trovare la mia strada in quel bel giardino"
"Ich glaube, ich sollte irgendetwas essen oder trinken"
"Suppongo che dovrei mangiare o bere qualcosa o quello"
"Aber die Frage ist, was soll ich essen oder trinken?"
"ma la domanda è: cosa dovrei mangiare o bere?"
Alice blickte sich um und betrachtete die Blumen
Alice guardò i fiori intorno a sé
Und sie schaute durch die Grashalme hindurch
e guardò attraverso i fili d'erba

aber sie konnte nichts zu essen und zu trinken sehen
ma non riusciva a vedere nulla da mangiare o da bere
Nichts sah nach dem Richtigen zum Essen oder Trinken aus
niente sembrava la cosa giusta da mangiare o bere
In ihrer Nähe wuchs ein großer Pilz
C'era un grosso fungo che cresceva vicino a lei
der Pilz war ungefähr so groß wie Alice
il fungo era all'incirca della stessa altezza di Alice
Sie streckte sich auf den Zehenspitzen auf
Si stiracchiò in punta di piedi
Und sie guckte über den Rand des Pilzes
e sbirciò oltre il bordo del fungo
Ihre Augen trafen sofort die Augen einer großen blauen Raupe
I suoi occhi incontrarono subito gli occhi di un grande bruco blu
Die Raupe saß auf der Spitze des Pilzes
Il bruco era seduto sulla cima del fungo
und die Raupe hatte alle Arme gekreuzt
e il bruco aveva incrociato tutte le braccia
Und er rauchte leise eine lange Wasserpfeife
e lui fumava tranquillamente un lungo narghilè
und er nahm nicht die geringste Notiz von irgendetwas
e non si curava minimamente di nulla
und er achtete gewiß nicht auf Alice
e di certo non badava ad Alice

Endlich nahm die Raupe die Shisha aus dem Maul
Alla fine il bruco tolse il narghilè dalla bocca
und er redete Alice mit einer trägen, schläfrigen Stimme an
e si rivolse ad Alice con voce languida e assonnata
"Wer bist du?" fragte die Raupe
"Chi sei?" disse il bruco

Alice antwortete etwas schüchtern: "Ich weiß es kaum, Sir."
Alice rispose, piuttosto timidamente: "Lo so appena, signore"
"Gerade im Moment ist alles ein bisschen..."
"Proprio al momento è tutto un po'..."
"Ich weiß, wer ich war, als ich heute Morgen aufgestanden bin."
"So chi ero quando mi sono alzato stamattina""
"aber ich glaube, ich muss mich seitdem mehrmals verändert haben"
"ma credo di essere cambiato più volte da allora"
"Was meinst du damit?" sagte die Raupe
«Che cosa intendi con questo?» disse il bruco

Streng forderte die Raupe sie auf, sich zu erklären
severamente il bruco le chiese di spiegarsi
»Ich kann mich nicht erklären, fürchte ich, Sir«, sagte Alice
«Non riesco a spiegarmi, ho paura, signore» disse Alice
"weil ich nicht ich selbst bin"
"perché non sono me stesso"
**"Du siehst, es ist sehr verwirrend, so viele verschiedene
Größen an einem Tag zu haben"**
"Vedi, avere così tante taglie diverse in un giorno è molto
confuso"
Sie raffte sich auf und sagte sehr ernst:
Si tirò su e disse molto seriamente:
"Ich denke, du solltest mir zuerst sagen, wer du bist"
"Penso che dovresti dirmi chi sei, prima"
"Warum?" fragte die Raupe
«Perché?» chiese il bruco
Alice fiel kein guter Grund ein
Alice non riusciva a pensare a nessuna buona ragione
**und die Raupe schien sich in einem sehr unangenehmen
Gemütszustand zu befinden**
e il bruco sembrava essere in uno stato d'animo molto
sgradevole
also wandte sie sich ab
Così si voltò
"Komm zurück!" rief ihr die Raupe nach
"Torna indietro!" la chiamò il bruco
"Ich habe etwas Wichtiges zu sagen!"
"Ho qualcosa di importante da dire!"
Alice drehte sich um und kam wieder zurück
Alice si voltò e tornò di nuovo
"Behalte die Fassung!" sagte die Raupe
"Mantieni la calma," disse il bruco
»Ist das alles?« fragte Alice
«È tutto?» disse Alice
und sie schluckte ihren Zorn hinunter, so gut sie konnte
e ingoiò la rabbia meglio che poté
"Nein!" sagte die Raupe

«No» disse il bruco

Die Raupe breitete ihre Arme aus

Il bruco aprì le braccia

Und er nahm die Shisha wieder aus dem Mund

E si tolse di nuovo il narghilè dalla bocca

Und er sagte: "Du glaubst also, du bist verändert, oder?"

E lui disse: "Quindi pensi di essere cambiato, vero?"

»Ich fürchte, ich bin verändert, Sir,« sagte Alice

«Ho paura, sono cambiata, signore» disse Alice

"Ich kann mich nicht mehr so an Dinge erinnern, wie ich sie früher in Erinnerung hatte"

"Non riesco a ricordare le cose come le ricordavo prima"

"Und ich bleibe nicht länger als zehn Minuten gleich groß!"

"e non rimango della stessa taglia per più di dieci minuti!"

"Wie groß willst du sein?" fragte die Raupe

"Che taglia vuoi avere?" chiese il bruco

»Oh, es ist mir nicht besonders wichtig, wie groß ich bin«, erwiderte Alice hastig

«Oh, non mi importa particolarmente di che taglia ho», rispose in fretta Alice

"Ich mag es einfach nicht, so oft die Größe zu wechseln, weißt du"

"Non mi piace cambiare taglia così spesso, sai"

"Ich würde gerne etwas größer sein, Sir"

"Vorrei essere un po' più grande, signore"

»wenn es dir nichts ausmacht,« fügte Alice hinzu

«se non ti dispiace», aggiunse Alice

"Zehn Zentimeter sind so eine erbärmliche Größe"

"Dieci centimetri è un'altezza così miserabile"

"Das ist wirklich eine sehr gute Höhe!" sagte die Raupe ärgerlich

«È davvero un'altezza molto buona!» disse il bruco con rabbia

und er richtete sich auf, während er sprach

Ed egli si alzò in piedi mentre parlava

Er war genau zehn Zentimeter groß

Era alto esattamente dieci centimetri

In ein oder zwei Minuten war die Raupe vom Pilz

heruntergekommen

In un minuto o due, il bruco scese dal fungo

und er kroch ins Gras

e strisciò via nell'erba

Als er sich entfernte, machte er einige kleine Bemerkungen

Mentre se ne andava, fece alcune piccole osservazioni

"Eine Seite lässt dich größer werden"

"Un lato ti farà diventare più alto"

"Und die andere Seite wird dich kleiner werden lassen"

"E l'altra parte ti farà accorciare"

"Eine Seite wovon?" dachte Alice bei sich

«Da un lato di che cosa?» pensò Alice tra sé e sé

"Die andere Seite von was?"

"L'altro lato di cosa?"

"Die Seite des Pilzes!" sagte die Raupe

"Il lato del fungo", disse il bruco

Es war, als hätte sie ihre Frage laut gestellt

Era come se avesse posto la sua domanda ad alta voce

und im nächsten Augenblick war er außer Sichtweite

e in un attimo scomparve dalla vista

Alice blieb stehen und betrachtete den Pilz nachdenklich

Alice rimase a guardare pensierosa il fungo

Sie versuchte herauszufinden, welche die beiden Seiten des Pilzes waren

Stava cercando di capire quali fossero i due lati del fungo

Endlich streckte sie ihre Arme um den Pilz

Alla fine allungò le braccia intorno al fungo

und sie brach ein Stück der Ränder ab

e ha rotto un po' i bordi

»Und nun, welche Seite ist welche?« fragte sie sich

«E ora, da che parte sta?» disse a se stessa

und sie knabberte ein wenig von dem Stück der rechten Hand

e mordicchiò un po' del morso destro

Im nächsten Augenblick spürte sie einen heftigen Schlag unter ihrem Kinn

Un attimo dopo sentì un violento colpo sotto il mento

Ihr Kinn hatte ihren Fuß getroffen!

Il suo mento le aveva colpito il piede!

Sie war sehr erschrocken über diese sehr plötzliche Veränderung

Era molto spaventata da questo cambiamento molto improvviso

Sie schrumpfte sehr schnell

si stava rimpicciolendo molto rapidamente

Also aß sie schnell etwas von dem anderen Stück Pilz

Così mangiò rapidamente un po' dell'altro pezzetto di fungo

Ihr Kinn war sehr eng gegen ihren Fuß gepresst

Il mento era premuto molto strettamente contro il piede

Es war kaum Platz, um den Mund aufzumachen

C'era a malapena spazio per aprire bocca

aber schließlich gelang es ihr, den Mund aufzumachen

ma alla fine riuscì ad aprire bocca

und sie schluckte einen Bissen von dem linken Stück

e ingoiò un boccone del morso sinistro

»mein Kopf ist endlich frei!« sagte Alice

«Finalmente la mia testa è stata liberata!» disse Alice

Sie blickte an sich herunter

Si guardò dall'alto in basso

aber alles, was sie sehen konnte, war ein ungeheurer Hals

ma tutto ciò che riusciva a vedere era un'immensa lunghezza di collo

Ihr Hals schien sich wie ein Stiel zu erheben

Il suo collo sembrava sollevarsi come un gambo

Und sie blickte auf ein Meer von grünen Blättern hinab

e guardò giù su un mare di foglie verdi

"Wo sind meine Schultern geblieben?"

"Dove sono finite le mie spalle?"

»Und ach, meine armen Hände, wie kommt es, daß ich euch nicht sehen kann?«

"E oh, povere mie mani, come mai non riesco a vederti?"

Aber ihr Hals hatte einen Vorteil

Ma il suo collo aveva un vantaggio

Sie konnte ihren Kopf in jede Richtung bewegen

Poteva muovere la testa in qualsiasi direzione
Tatsächlich war sie wie eine Schlange
In effetti, era proprio come un serpente
Sie senkte anmutig ihren Kopf im Zickzack
Ha zigzagato con grazia la testa verso il basso
Und sie bewegte ihren Kopf durch die Bäume
e mosse la testa tra gli alberi
Aber dann hörte sie ein scharfes Zischen
ma poi sentì un sibilo acuto
Und sie zog schnell den Kopf zurück
e tirò rapidamente indietro la testa
Eine große Taube war ihr ins Gesicht geflogen
Un grosso piccione le era volato in faccia
und die Taube fuhr mit den Flügeln heftig zusammen
e il piccione era violentemente con le sue ali

»Schlange!« rief die Taube

"Serpente!" gridò il piccione
"Ich bin keine Schlange!" sagte Alice entrüstet
«Io non sono un serpente!» disse Alice indignata.
"Laß mich in Ruhe!"
"Lasciami in pace!"
"Ich habe die Wurzeln von Bäumen ausprobiert"
"Ho provato le radici degli alberi"
"Und ich habe es mit Hecken versucht", fuhr die Taube fort
«E ho provato le siepi», proseguì il piccione
»Aber diese Schlangen! Man kann es ihnen nicht recht machen!"
"Ma quei serpenti! Non c'è modo di accontentarli!"
Alice war immer verwirrter
Alice era sempre più perplessa
"Als ob es nicht schon Mühe genug wäre, die Eier auszubrüten!" sagte die Taube
«Come se non fosse abbastanza difficile far schiudere le uova», disse il piccione
"Tag und Nacht muss ich mich auch vor Schlangen in Acht nehmen!"
"di notte e di giorno devo stare attento anche ai serpenti!"
"Ich hatte gerade den höchsten Baum im Wald gefunden"
"Avevo appena trovato l'albero più alto della foresta"
"Wäre ich hier sicher frei von Schlangen?"
"Sicuramente sarei libero dai serpenti qui?"
"Und heraus kommt eine Schlange vom Himmel!"
"E un serpente esce dal cielo!"
"Aber ich bin keine Schlange, sage ich dir!" sagte Alice
"Ma io non sono un serpente, te lo dico!" disse Alice
"Ich bin ein... Ich bin ein... Ich bin ein kleines Mädchen«, fügte sie etwas zweifelnd hinzu
"Sono un... Sono un... Sono una bambina», aggiunse piuttosto dubbiosa
Schließlich hatte sie viele Veränderungen durchgemacht
dopotutto, aveva attraversato molti cambiamenti
"Du suchst Eier!" sagte die Taube
"Stai cercando le uova," disse il piccione

"Das weiß ich mit Sicherheit"

"Lo so per certo"

"Und was macht es aus, ob du ein kleines Mädchen oder eine Schlange bist?"

"E che importa se sei una bambina o un serpente?"

»Es liegt mir sehr viel daran,« sagte Alice hastig

«Mi importa molto», disse Alice in fretta

"Aber ich bin nicht auf der Suche nach Eiern, wie es der Zufall will"

"ma non sto cercando uova, guarda caso"

"Und ich würde deine Eier sowieso nicht wollen"

"e non vorrei comunque le tue uova"

"Ich mag meine Eier nicht roh"

"Non mi piacciono le mie uova crude"

»Nun, dann fort!« sagte die Taube in mürrischem Tone

«Ebbene, allora vattene!» disse il piccione in tono imbronciato

und die Taube ließ sich wieder in ihrem Nest nieder

e il piccione si sistemò di nuovo nel suo nido

Alice kauerte sich zwischen die Bäume, so gut sie konnte

Alice si accovacciò tra gli alberi meglio che poté

Ihr Hals verfing sich immer wieder zwischen den Ästen

il suo collo continuava a rimanere impigliato tra i rami

Hin und wieder musste sie anhalten und ihren Hals aufdrehen

Ogni tanto doveva fermarsi e srotolare il collo

Nach einer Weile erinnerte sie sich an den Pilz

Dopo un po' si ricordò del fungo

Sie hielt die Pilzstücke noch immer in ihren Händen

Teneva ancora i pezzi di fungo tra le mani

Und sie machte sich sehr vorsichtig an die Arbeit

e si mise al lavoro con molta attenzione

Zuerst knabberte sie an einem Stück

Per prima cosa ha rosicchiato un pezzo

Und dann knabberte sie an dem anderen Stück

e poi mordicchiò l'altro pezzo

Manchmal wurde sie größer

A volte diventava più alta

und manchmal wurde sie kleiner
e a volte si accorciava
Aber schließlich erreichte sie ihre übliche Größe
ma alla fine raggiunse la sua solita altezza
Sie war schon seit einiger Zeit nicht mehr so groß wie sie selbst
Non era stata della sua altezza per un po' di tempo
So fühlte sich alles eine Zeit lang seltsam an
Quindi tutto è sembrato strano per un po'
"Das nächste, was zu tun ist, ist, in diesen schönen Garten zu gehen"
"La prossima cosa da fare è entrare in quel bellissimo giardino"
»wie soll man das machen?«
«come si può fare, mi chiedo?»
Während sie dies sagte, stieß sie auf einen offenen Platz
Mentre diceva questo, si imbatté in un luogo aperto
Da war ein kleines Haus, etwas höher als einen Meter
C'era una casetta, alta un po' più di un metro
"Ich frage mich, wer in diesem kleinen Haus wohnt"
"Mi chiedo chi abita in questa casetta"
"So groß wie ich bin, kann ich sicher nicht reingehen"
"Di certo non posso entrare così grande"
"Ich würde sie fürchterlich erschrecken!"
«Li spaventerei terribilmente!»
Also knabberte sie wieder an dem kleinen Pilz
Così mordicchiò di nuovo il piccolo fungo
Und bald brachte sie sich dreißig Zentimeter tief
e presto si abbassò di trenta centimetri

Ein Schwein und etwas Pfeffer
Un maiale e un po' di pepe

Ein oder zwei Minuten lang stand sie da und betrachtete das Haus
Per un minuto o due rimase a guardare la casa
Plötzlich kam ein Lakai aus dem Walde gerannt
All'improvviso un valletto uscì di corsa dal bosco
Er trug eine spezielle Livree-Uniform
Indossava una speciale uniforme in livrea
Seinem Gesicht nach zu urteilen, hätte sie ihn einen Fisch genannt
A giudicare solo dal suo viso, lo avrebbe chiamato pesce
und er klopfte laut mit den Fingerknöcheln an die Tür
e bussò forte alla porta con le nocche
Die Tür wurde von einem anderen Lakaien geöffnet
La porta fu aperta da un altro cameriere
Auch dieser Lakai trug eine besondere Livree
Anche questo valletto indossava una livrea speciale
Dieser Lakai hatte ein rundes Gesicht und große Augen wie ein Frosch
Questo valletto aveva una faccia rotonda e grandi occhi come una rana

Der Lakai, der wie ein Fisch aussah, leitete die Zeremonie ein

Il cameriere che sembrava un pesce ha iniziato la cerimonia

Er zog etwas unter seinem Arm hervor

Tirò fuori qualcosa da sotto il braccio

Und er zog unter seinem Arm einen Umschlag hervor

e tirò fuori da sotto il braccio una busta

und diesen Umschlag übergab er dem andern Lakaien

e questa busta la consegnò all'altro cameriere

In zeremoniellem Tone teilte er ihm die Befehle mit

In tono cerimonioso gli disse gli ordini

"Diese Botschaft ist für die Herzogin"

"Questo messaggio è per la Duchessa"

"Eine Einladung der Königin zum Krocketspielen"

"Un invito dalla regina a giocare a croquet"

Der Lakai, der wie ein Frosch aussah, wiederholte den Befehl

Il cameriere che sembrava una rana ripeté l'ordine

"Von der Königin"

"Dalla Regina"

"Eine Einladung"

"un invito"

"für die Herzogin"

"per la Duchessa"

"Krocket spielen"

"Giocare a croquet"

Dann verbeugten sie sich beide tief

Poi entrambi si inchinarono profondamente

und die Locken in ihren Perücken verwickelten sich ineinander

e i riccioli delle loro parrucche si sono impigliati insieme

Bald war der Lakai, der wie ein Fisch aussah, verschwunden

Presto il valletto che sembrava un pesce scomparve

Aber der Lakai, der wie ein Frosch aussah, war immer noch da

ma il valletto che sembrava una rana era ancora lì

Er saß auf dem Boden in der Nähe der Tür

Era seduto per terra vicino alla porta

Er starrte dumm in den Himmel

Stava fissando stupidamente il cielo

Alice ging schüchtern zur Tür und klopfte

Alice si avvicinò timidamente alla porta e bussò

»Es hat keinen Zweck, anzuklopfen,« sagte der Lakai

«È inutile bussare», disse il valletto

"Und das aus zwei Gründen"

"E questo per due motivi"

"Erstens, weil ich auf der gleichen Seite der Tür stehe wie du"

"Primo, perché sono dalla tua stessa parte della porta"

"Zweitens, weil sie drinnen so viel Lärm machen"

"In secondo luogo, perché fanno così tanto rumore all'interno"

"Niemand könnte dich hören"

"Nessuno potrebbe sentirti"

Und es war gewiß ein höchst merkwürdiger Lärm im Innern

E certamente c'era un rumore straordinario all'interno

ein ständiges Heulen und Niesen

un continuo ululato e starnuti

und ab und zu ein Geräusch von großem Krachen

e ogni tanto un rumore di grande schianto

als ob eine Schüssel oder ein Wasserkocher in Stücke zerbrochen wäre

come se un piatto o un bollitore fossero stati fatti a pezzi

"Wie soll ich da reinkommen?" fragte Alice

«Come posso entrare?» chiese Alice

»Wollen Sie überhaupt hineinkommen?« fragte der Lakai

«Dovresti entrare?» disse il cameriere

"Das ist die erste Frage, weißt du"

"Questa è la prima domanda, sai"

Alice öffnete die Tür und trat ein

Alice aprì la porta ed entrò

Die Tür führte direkt in eine große Küche

La porta conduceva direttamente in una grande cucina

Die Küche war von einem Ende bis zum anderen voller Rauch

La cucina era piena di fumo da un'estremità all'altra

in der Mitte der Küche saß die Herzogin

al centro della cucina c'era la duchessa

Sie saß auf einem dreibeinigen Hocker

Era seduta su uno sgabello a tre gambe

und sie stillte ein Baby

e stava allattando un bambino

Die Köchin beugte sich über das Feuer

Il cuoco era chino sul fuoco

Er rührte einen großen Kessel

Stava mescolando un grande calderone

und der Kessel schien mit Suppe gefüllt zu sein

e il calderone sembrava pieno di zuppa

"Da ist sicher zu viel Pfeffer drin!" sagte Alice zu sich selbst

"C'è sicuramente troppo pepe in quella zuppa!" Alice si disse

Sie sagte es, so gut sie konnte, ohne zu niesen

Lo disse meglio che poté senza starnutire

Sogar die Herzogin nieste gelegentlich

Anche la duchessa starnutiva di tanto in tanto

Aber die Handlungen des Babys waren am bemerkenswertesten

Ma le azioni del bambino erano le più degne di nota

Das Baby nieste und heulte abwechselnd

Il bambino starnutiva e ululava alternativamente

Es gab keinen Augenblick Pause zwischen Heulen und Niesen

Non c'era un attimo di pausa tra l'ululato e lo starnuto

Es gab zwei Kreaturen in der Küche, die nicht niesten

C'erano due creature in cucina che non starnutivano

Die Köchin war zu beschäftigt, um zu niesen

Il cuoco era troppo occupato per starnutire

Und die große Katze schien sich nicht an dem Pfeffer zu stören

e il grosso gatto non sembrava preoccuparsi del pepe

Stattdessen grinste die große Katze von einem Ohr zum anderen

Invece, il grosso gatto sorrideva da un orecchio all'altro

»Bitte, würdest du es mir sagen,« sagte Alice ein wenig
schüchtern

«Ti prego, me lo dica», disse Alice, un po' timidamente

"Warum grinst deine Katze so?"

"Perché il tuo gatto sorride così?"

»Es ist eine Cheshire-Katze,« sagte die Herzogin

«È un Cheshire-Cat» disse la duchessa

"Und deshalb grinst er von Ohr zu Ohr"

"Ed è per questo che sorride da un orecchio all'altro"

"Ich wusste nicht, dass eine Cheshire-Katze immer grinst"

"Non sapevo che uno Stregatto sorrideva sempre"

"Eigentlich wusste ich nicht, dass Katzen grinsen können",
sagte Alice

"in effetti, non sapevo che i gatti potessero sorridere", ha detto
Alice

»Es gibt vieles, was Sie nicht wissen,« sagte die Herzogin

«C'è molto che non sai», disse la duchessa

"Es gibt vieles, was man nicht weiß, und das ist eine
Tatsache"

"C'è molto che non sai e questo è un dato di fatto"

In diesem Augenblick nahm die Köchin den Kessel mit der
Suppe vom Feuer

Proprio in quel momento il cuoco tolse dal fuoco il calderone
di zuppa

Und sogleich fing sie an, alles in ihre Reichweite zu werfen

e subito cominciò a gettare tutto ciò che aveva a portata di
mano

sie warf alles, was sie konnte, auf die Herzogin und das
Baby

gettò tutto quello che poté contro la duchessa e il bambino

Zuerst warf sie die Feuereisen

Per prima cosa lanciò i ferri da fuoco

Dann warf sie eine Handvoll Töpfe

Poi ha lanciato una manciata di pentole

und schließlich warf sie die Teller und Schüsseln

e alla fine gettò i piatti e le stoviglie

Die Herzogin nahm keine Notiz von ihr

La duchessa non si curò di lei
Selbst als sie von einem Teller getroffen wurde, machte sie sich keine Sorgen
Anche quando è stata colpita da un piatto non si è preoccupata
Das Baby heulte schon so viel
Il bambino stava già ululando così tanto
Es war also unmöglich zu sagen, ob die Schläge das Baby verletzt haben oder nicht
Quindi era impossibile dire se i colpi avessero ferito o meno il bambino
"Oh, gib bitte acht, was du tust!" rief Alice
«Oh, ti prego, bada a quello che fai!» esclamò Alice
und sie sprang in Todesangst des Entsetzens auf und ab
e saltava su e giù in un'agonia di terrore
die Herzogin bot Alice das Baby an
la duchessa offrì ad Alice il bambino
»Hier! Du kannst das Kind ein wenig stillen, wenn du willst!«
"Ecco! Puoi allattare un po' il bambino, se vuoi!"
Und sie schleuderte das Kind nach ihr, während sie sprach
e le gettò addosso il bambino mentre parlava
"Ich muss gehen und mich darauf vorbereiten, mit der Königin Krocket zu spielen"
"Devo andare a prepararmi a giocare a croquet con la regina"
und sie eilte aus dem Zimmer
e si affrettò a uscire dalla stanza
Alice fing das Baby mit einiger Mühe auf
Alice afferrò il bambino con qualche difficoltà
weil es ein sehr seltsam geformtes kleines Wesen war
perché era una piccola creatura dalla forma molto strana
Und das Kind streckte seine Arme und Beine nach allen Richtungen aus
e il bambino tese le braccia e le gambe in tutte le direzioni
"Das Kind nehme ich lieber mit!" dachte Alice
"È meglio che porti via con me questo bambino", pensò Alice
"Sie werden dieses Baby sicher in ein oder zwei Tagen

töten"
"Di sicuro uccideranno questo bambino in un giorno o due"
"Wäre es nicht Mord, dieses Baby zurückzulassen?"
«Non sarebbe un omicidio lasciare indietro questo bambino?»
Sie sprach die letzten Worte laut aus
Ha detto le ultime parole ad alta voce
Und das kleine Ding grunzte als Antwort
e la piccola cosa grugnì in risposta
**"Du verwandelst dich am besten nicht in ein Schwein,
meine Liebe!" sagte Alice**
"È meglio che tu non ti trasformi in un maiale, mia cara," disse
Alice
"sonst habe ich nichts mehr mit dir zu tun"
"altrimenti non avrò più niente a che fare con te"
Alice fing eben an, bei sich selbst zu denken:
Alice stava appena cominciando a pensare tra sé e sé:
**»Nun, was soll ich mit diesem Geschöpf anfangen, wenn ich
es nach Hause bringe?«**
«Ora, che cosa devo fare con questa creatura, quando la
riporto a casa?»
Aber dann grunzte das kleine Geschöpf ein wenig heftig
ma poi la piccola creatura grugnì un po' violentemente
und Alice sah ihm erschrocken ins Gesicht
e Alice lo guardò in viso con un certo allarme
Diesmal konnte es keinen Irrtum geben
Questa volta non ci poteva essere alcun errore
Es war nicht mehr und nicht weniger als ein Schwein
non era né più né meno di un maiale
Da setzte sie das kleine Geschöpf ab
Così fece posare la piccola creatura
und das kleine Geschöpf trabte leise in den Wald hinein
e la piccola creatura trotterellò silenziosamente nel bosco
**Alice war ziemlich erleichtert, als sie die Kreatur
verschwinden sah**
Alice si sentì piuttosto sollevata nel vedere la creatura
andarsene
Alice erschrak ein wenig, als sie die Cheshire-Katze sah

Alice fu un po' sorpresa nel vedere lo Stregatto

Er saß auf einem Ast eines Baumes, ein paar Meter entfernt

Era seduto su un ramo di un albero a pochi metri di distanza

Die Katze grinste nur, als sie sie sah

Il gatto sorrise solo quando la vide

»Cheshire-Katze,« begann Alice etwas schüchtern

«Gatto del Cheshire», cominciò Alice, piuttosto timidamente

»Würden Sie mir bitte sagen, welchen Weg ich von hier aus einschlagen soll?«

«potrebbe dirmi per favore da che parte devo andare da qui?»

"In diese Richtung", sagte die Katze

"In quella direzione", disse il gatto

Und er fuchtelte mit der rechten Pfote herum

e agitò la zampa destra

"In dieser Richtung lebt ein Hutmacher"

"In quella direzione vive un fabbricante di cappelli"

Und dann winkte die Katze mit der anderen Pfote

e poi il gatto agitò l'altra zampa

"Und in dieser Richtung wohnt ein Märzhase"

"E in quella direzione vive una lepre marzolina"

»Besuchen Sie, wen Sie wollen; Sie sind beide verrückt"

"Visita o vuoi; Sono entrambi pazzi"

»Aber ich will nicht unter Verrückte gehen«, bemerkte Alice

«Ma io non voglio andare in mezzo ai matti», osservò Alice

"Ach, dafür kannst du nicht helfen!" sagte die Katze

«Oh, non puoi farci niente» disse il Gatto

"Wir sind alle verrückt hier"

"Siamo tutti pazzi qui"

"Spielst du heute Krocket mit der Queen?"

"Stai giocando a croquet con la regina oggi?"

"Das würde ich sehr gerne!" sagte Alice

«Mi piacerebbe molto», disse Alice

"aber ich bin noch nicht eingeladen worden"

"ma non sono ancora stato invitato"

"Du wirst mich dort sehen!" sagte die Katze

"Mi vedrai lì," disse il Gatto

Und von einem Augenblick auf den anderen verschwand

die Katze

e da un momento all'altro il gatto scomparve

bald kam Alice in Sichtweite des Hauses des Märzhasen

ben presto Alice giunse in vista della casa della lepre marzolina

Das war ein sehr großes Haus

Questa era una casa molto grande

Alice wollte also nicht in die Nähe des Hauses gehen

così Alice non volle avvicinarsi alla casa

Zuerst musste sie noch etwas von dem linken Stück Pilz knabbern

Per prima cosa dovette rosicchiare ancora un po' del pezzo di fungo sul lato sinistro

Eine verrückte Teeparty

un pazzo tea party

Vor dem Haus stand ein Baum

Davanti alla casa c'era un albero

Und unter dem Baum stand ein Tisch

e sotto l'albero c'era un tavolo

und der Tisch war mit allerlei Besteck gedeckt

e la tavola era apparecchiata con ogni sorta di posate

Der Märzhase und der Hutmacher saßen bei Tisch

La lepre marzolina e il cappellaio erano a tavola

und zusammen tranken sie Tee

e insieme prendevano il tè

Ein Siebenschläfer saß zwischen ihnen

Un ghiro era seduto tra di loro

und der Siebenschläfer schlief fest

e il ghiro si addormentò profondamente

Der Tisch war von außergewöhnlicher Größe

Il tavolo era di dimensioni straordinarie

Aber der größte Teil des Tisches war unbesetzt

ma la maggior parte del tavolo era vuota

Sie saßen dicht gedrängt an einer Ecke des Tisches

sedevano ammassati insieme in un angolo del tavolo

und doch entschuldigten sie sich, als sie Alice sahen

eppure si scusarono quando videro Alice

»Kein Platz! Kein Platz!« schrien sie

"Non c'è posto! Non c'è posto!" gridarono

»Es ist viel Platz!« sagte Alice entrüstet

«C'è un sacco di posto!» disse Alice indignata

An einem Ende des Tisches stand ein großer Sessel

A un'estremità del tavolo c'era una grande poltrona

und Alice setzte sich in den Sessel

e Alice si sedette in poltrona

Der Hutmacher riss die Augen weit auf

Il cappellaio spalancò gli occhi

Er konnte nicht glauben, was er da sah

Non riusciva a credere a quello che stava vedendo

aber sein Geist war neugierig auf andere Dinge

ma la sua mente era curiosa di altre cose

»Warum ist ein Rabe wie ein Schreibtisch?«

"Perché un corvo è come uno scrittoio?"

Alice war offen für die Herausforderung

Alice era aperta alla sfida

"Ich bin froh, dass sie angefangen haben, Rätsel zu stellen"

"Sono contento che abbiano iniziato a fare indovinelli"

»Ich glaube, das kann ich erraten«, fügte sie laut hinzu

«Credo di poterlo indovinare», aggiunse ad alta voce

Der Märzhase wurde neugierig auf Alice

La lepre marzolina si incuriosì di Alice

"Glaubst du wirklich, dass du die Antwort finden kannst?"

"Pensi davvero di poter trovare la risposta?"

»Ich glaube, ich kann die Antwort finden,« sagte Alice

«Credo di poter trovare la risposta», disse Alice

»Dann sollst du sagen, was du meinst,« fuhr der Märzhase fort

«Allora dovresti dire quello che intendi», proseguì la lepre in marcia

»Ich sage, was ich meine,« erwiderte Alice hastig

«Dico quello che intendo», rispose in fretta Alice

"Zumindest meine ich ernst, was ich sage"

"per lo meno intendo quello che dico"

"Das ist dasselbe, weißt du"

"È la stessa cosa, sai"

Auch der Siebenschläfer trug zu dem Gespräch bei

Anche il ghiro ha contribuito alla conversazione

Aber der Siebenschläfer schien im Schlaf zu sprechen

ma il ghiro sembrava parlare nel sonno

"Ich atme, wenn ich schlafe"

"Respiro quando dormo"

"Ich schlafe, wenn ich atme!"

"Dormo quando respiro!"

"Man könnte genauso gut sagen, dass sie auch gleich sind"

"Si potrebbe anche dire che sono uguali"

"So ist es auch bei dir!" sagte der Hutmacher

"È la stessa cosa per te," disse il cappellaio

und er goß ein wenig Tee über die Nase des Siebenschläfers
e versò un po' di tè sul naso del ghiro
Das Murmelthier schüttelte ungeduldig den Kopf
Il Ghiro scosse la testa con impazienza
Und wieder sprach das Murmelmaus, ohne die Augen zu öffnen
e di nuovo il ghiro parlò, senza aprire gli occhi
"Natürlich, natürlich ist es dasselbe"
"Certo, certo che è lo stesso"
"Das wollte ich ja auch sagen"
"è proprio quello che stavo per dire io stesso"

Der Hutmacher wandte sich an Alice und stellte eine weitere Frage
Il cappellaio si rivolse ad Alice e fece un'altra domanda
"Hast du das Rätsel schon erraten?"
"Hai già indovinato l'indovinello?"
"Nein, ich gebe auf", gab Alice zu
«No, mi arrendo» concesse Alice
"Was ist die Antwort?", wollte sie wissen

"Qual è la risposta?" voleva sapere

»Ich habe nicht die geringste Ahnung,« sagte der Hutmacher

«Non ne ho la minima idea», disse il cappellaio

"Ich weiß es auch nicht!" sagte der Märzhase

«Né lo so», disse la lepre in marcia

Alice stieß einen müden Seufzer aus

Alice emise un sospiro stanco

"Es gibt eine bessere Nutzung der Zeit als Rätsel ohne Antworten"

"Ci sono usi migliori del tempo che indovinelli senza risposte"

»Trinken Sie noch etwas Tee,« sagte der Märzhase sehr ernst zu Alice

«Prendi ancora un po' di tè», disse la lepre marzolina ad Alice, molto seriamente

Alice war ziemlich beleidigt über das Angebot

Alice era piuttosto offesa dall'offerta

»Ich habe noch keinen Tee getrunken,« erwiderte Alice

«Non ho ancora preso il tè», rispose Alice

"Deshalb kann ich keinen Tee mehr trinken"

"quindi non posso più prendere il tè"

»Du meinst, weniger Tee kannst du nicht haben«, sagte der Hutmacher

«Vuoi dire che non puoi bere meno tè» disse il fabbricante di cappelli

"Es ist sehr einfach, mehr als nichts zu nehmen"

"È molto facile prendere più di niente"

Bei diesen Worten erhob sich Alice und ging fort

A questo punto, Alice si alzò e se ne andò

Der Siebenschläfer schlief augenblicklich ein

Il ghiro si addormentò all'istante

und keiner der andern nahm die geringste Notiz davon, daß sie ging

e nessuno degli altri si accorse minimamente della sua partenza

obwohl sie ein- oder zweimal zurückblickte

anche se si guardò indietro una o due volte

Sie versuchten, den Siebenschläfer in die Teekanne zu

stecken

Cercavano di mettere il ghiro nella teiera

"Jedenfalls werde ich nie wieder dorthin gehen!" sagte Alice

«In ogni caso, non ci tornerò mai più!» disse Alice

Und sie ging ihren Weg durch den Wald

e si fece strada attraverso il bosco

"Das war die dümmste Teeparty, auf der ich je war"

"quello è stato il tea party più stupido a cui abbia mai partecipato"

Gerade als sie das sagte, bemerkte sie etwas

Proprio mentre diceva questo, notò qualcosa

Einer der Bäume hatte eine Tür, die direkt hineinführte

Uno degli alberi aveva una porta che vi conduceva proprio

»Das ist sehr interessant!« dachte sie

"È molto interessante!" pensò

"Ich denke, ich kann genauso gut durch die Tür gehen"

"Penso che potrei anche passare attraverso la porta"

Und durch die Tür ging sie

E attraversò la porta

Wieder befand sie sich in der langen Halle

Ancora una volta si ritrovò nel lungo corridoio

Wieder stand sie dicht an dem kleinen Glastisch

Di nuovo era vicina al tavolino di vetro

Sie nahm den kleinen goldenen Schlüssel

Prese la piccola chiave d'oro

und sie schloß die Tür auf, die in den Garten führte

e aprì la porta che conduceva nel giardino

Dann machte sie sich daran, an dem Pilz zu knabbern

Poi si mise al lavoro rosicchiando il fungo

Sie hatte ein Stück des Pilzes in ihrer Tasche aufbewahrt

Aveva tenuto in tasca un pezzo del fungo

Und schließlich war sie etwa einen Meter groß

e infine era alta circa un metro

dann ging sie den kleinen Korridor hinunter

Poi camminò lungo il piccolo corridoio

Und dann fand sie sich endlich in dem schönen Garten wieder

e poi finalmente si ritrovò nel bellissimo giardino
Und sie war zwischen den hellen Blumen und den kühlen Springbrunnen
e lei era tra i fiori luminosi e le fresche fontane

Der Krocketplatz der Königinnen
Il campo da croquet della regina
Ein großer Rosenstrauch stand in der Nähe des Eingangs des Gartens
Un grande albero di rose si trovava vicino all'ingresso del giardino
Die Rosen, die an dem Baum wuchsen, waren weiß
le rose che crescevano sull'albero erano bianche
aber es waren drei Gärtner, die die Rose bemalten
Ma c'erano tre giardinieri che dipingevano la rosa
Sie waren damit beschäftigt, die Rosen rot zu färben
Stavano dipingendo le rose di rosso
und Alice sah zu, wie sie die Rosen rot färbten
e Alice li guardava dipingere le rose di rosso
und plötzlich fielen ihre Augen zufällig auf Alice
e all'improvviso i loro occhi caddero su Alice
Alice sprach ein wenig schüchtern
Alice parlò un po' timidamente
»Würden Sie es mir bitte sagen?«
"Me lo direbbe, per favore";
"Warum malt ihr alle diese Rosen?"
"Perché state dipingendo tutte quelle rose?"
Fünf und Sieben sagten nichts, sondern sahen zwei an
Cinque e Sette non dissero nulla, ma guardarono due
zwei Sprecher, mit leiser Stimme
due parlarono, a bassa voce
»Nun, die Sache ist die, sehen Sie, gnädige Frau.«
«Perché, il fatto è, vedete, signora»
"Das hier hätte ein roter Rosenstrauch sein sollen"
"Questo qui avrebbe dovuto essere un albero di rose rosse"
"Und wir haben aus Versehen einen weißen Rosenstrauch hineingesetzt"

"E abbiamo messo un albero di rose bianche per sbaglio"
**"Wie Sie mir zustimmen würden, darf die Königin es nicht
herausfinden"**
"Come converrete, la regina non deve scoprirlo"
"Sonst würden wir uns allen die Köpfe abschneiden"
"altrimenti ci taglierebbero tutti la testa"
"Sie sehen also, gnädige Frau, wir tun unser Bestes"
"Vedete, signora, stiamo facendo del nostro meglio"
Karte fünf hatte ängstlich über den Garten geschaut
La quinta carta aveva guardato ansiosamente attraverso il
giardino
**In diesem Augenblick rief die fünfte Karte: "Die Königin!
Die Königin!"**
In quel momento la carta cinque gridò: "La regina! La regina!"
und die drei Gärtner eilten augenblicklich davon
e i tre giardinieri si affrettarono subito ad andarsene
und sie warfen sich flach auf ihre Gesichter
e si gettarono con la faccia a terra
Man hörte das Geräusch vieler Schritte
Ci fu il suono di molti passi
Alice sah sich um, begierig darauf, die Königin zu sehen
Alice si guardò intorno, ansiosa di vedere la regina
Am Anfang des Zuges standen zehn Soldaten
All'inizio del corteo c'erano dieci soldati
Ihre Hände und Füße waren in den Ecken
le loro mani e i loro piedi erano negli angoli
und in ihren Händen und Füßen waren Keulen
e nelle loro mani e nei loro piedi c'erano dei bastoni
Als nächstes kamen die zehn Höflinge
Poi vennero i dieci cortigiani
**die Höflinge waren über und über mit Diamanten
geschmückt**
I cortigiani erano tutti ornati di diamanti
Nach den Höflingen kamen die königlichen Kinder
Dopo i cortigiani vennero i figli reali
Es waren zehn der königlichen Kinder
C'erano dieci dei figli reali

und alle königlichen Kinder waren mit Herzen geschmückt
e tutti i bambini reali erano ornati di cuori
Dann kamen die Gäste; Meist Könige und Königinnen
Poi vennero gli ospiti; per lo più re e regine
und unter den Königen und Königinnen sah Alice jemanden
e tra i re e la regina Alice vide qualcuno
Sie sah wieder das weiße Kaninchen, das sie gejagt hatte
Vide di nuovo il coniglio bianco che aveva inseguito
Der Prozession folgte der Spitzbube der Herzen
Il corteo era seguito dal fante di cuori
Er trug die Krone des Königs
Portava la corona del re
und die Krone des Königs lag auf einem purpurnen Samtkissen
e la corona del re era su un cuscino di velluto cremisi
Und dann kam das Ende dieser großen Prozession
E poi venne la fine di questa grande processione
Und da waren am Ende der König und die Königin der Herzen
E alla fine c'erano il re e la regina di cuori
der Zug kam Alice gegenüber
il corteo giunse di fronte ad Alice
Und alle blieben stehen und sahen sie an
e tutti si fermarono a guardarla
Und die Königin sprach streng: "Wer ist das?"
e la regina disse severamente: "Chi è costui?"
Sie sagte es zum Herzknaben
Lo disse al Fante di Cuori
aber er verbeugte sich nur und lächelte als Antwort
ma lui si inchinò e sorrise in risposta
Alice sprach sehr höflich
Alice parlò molto cortesemente
"Mein Name ist Alice, also bitte, Eure Majestät"
"Mi chiamo Alice, quindi per favore vostra maestà"
Aber sie hatte andere Gedanken für sich
ma aveva altri pensieri per sé
"Es ist doch nur ein Kartenspiel!"

«Sono solo un mazzo di carte, dopotutto!»
»Kannst du Krocket spielen?« rief die Königin
"Sai giocare a croquet?" gridò la regina
Die Frage war offenbar an Alice gerichtet
La domanda era evidentemente rivolta ad Alice
"Ja!" sagte Alice laut
«Sì!» disse Alice ad alta voce
"Komm also spielen!" brüllte die Königin
"Vieni a giocare allora!" ruggì la regina
sprach eine schüchterne Stimme zu Alice
una voce timida parlò ad Alice
"Es ist ein sehr schöner Tag!"
"È una giornata molto bella!"
Sie ging an dem weißen Kaninchen vorbei
Stava camminando accanto al coniglio bianco
und das weiße Kaninchen guckte ihr ängstlich ins Gesicht
e il Bianconiglio le sbirciava ansiosamente in faccia
»ein sehr schöner Tag,« bestätigte Alice
«Davvero una bella giornata», confermò Alice
»Wo ist die Herzogin?«
"Dov'è la duchessa?"
»Still! Still!" sagte das Kaninchen
"Zitto! Zitto!" disse il Coniglio
"Sie ist zum Tode verurteilt"
"È condannata a morte"
»Wofür wird sie hingerichtet?« fragte Alice
«Per che motivo è stata giustiziata?» chiese Alice
"Sie hat der Königin die Ohren abgewetzt", begann das
Kaninchen
«Ha graffiato le orecchie della regina», cominciò il coniglio
schrie die Königin mit Donnerstimme
La regina gridò con voce di tuono
"Ran an eure Plätze!"
"Raggiungi i tuoi posti!"
Und die Leute rannten in alle Richtungen herum
e la gente cominciò a correre in tutte le direzioni
Und sie fielen alle aneinander

e tutti caddero l'uno contro l'altro
Sie hatten sich jedoch in ein oder zwei Minuten beruhigt
Tuttavia, si sono sistemati in un minuto o due
Und dann begann das Spiel
e poi è iniziato il gioco
Alice hatte noch nie einen so merkwürdigen Krocketplatz gesehen
Alice non aveva mai visto un campo da croquet così curioso
Das Gras bestand nur aus Graten und Furchen
l'erba era tutta creste e solchi
Die Krocketbälle waren echte Igel
Le palle da croquet erano dei veri ricci
und die Schlägel waren echte Flamingos
e le mazzuole erano dei veri fenicotteri
und die Soldaten standen auf Händen und Füßen
e i soldati si alzarono in piedi sulle mani e sui piedi
weil die Bögen aus ihren Körpern gemacht wurden
perché gli archi sono stati fatti dai loro corpi
Die Spieler spielten alle gleichzeitig
I giocatori hanno giocato tutti contemporaneamente
Niemand wartete, bis er an der Reihe war
Nessuno aspettava il proprio turno
und jeder stritt sich mit jedem
e tutti litigavano con tutti
und alle kämpften für die Igel
e tutti combattevano per i ricci
Bald geriet die Königin in eine wütende Leidenschaft
Ben presto la regina si arrabbiò furiosamente
Und sie fing an, herumzustampfen und zu schreien
e si mise a pestare i piedi e a gridare
»Hacken Sie ihm den Kopf ab!«
"Tagliategli la testa!"
"Hack ihr den Kopf ab!"
"Tagliatele la testa!"
"Hackt ihnen alle Köpfe ab!"
"Tagliate loro tutte le teste!"
Wieder dachte Alice bei sich.

Di nuovo Alice pensò tra sé e sé

"Sie lieben es schrecklich, hier Menschen zu enthaupten"

"A loro piace terribilmente decapitare le persone qui"

"Das große Wunder ist, dass überhaupt noch jemand am Leben ist!"

"La grande meraviglia è che c'è qualcuno rimasto in vita!"

Sie sah sich nach einem Ausweg um

Stava cercando una via di fuga

Sie bemerkte eine merkwürdige Erscheinung in der Luft

notò una strana apparizione nell'aria

»Es ist die Cheshire-Katze,« sagte sie zu sich selbst

«È il gatto del Cheshire», disse a se stessa

"Jetzt habe ich jemanden, mit dem ich reden kann"

"ora avrò qualcuno con cui parlare"

"Wie geht es dir?" fragte die Katze

"Come stai?" disse il gatto

»Ich glaube nicht, daß sie ganz und gar fair spielen«, sagte Alice

«Non credo che giochino affatto in modo corretto», disse Alice

Und sie hatte einen ziemlich klagenden Ton

e aveva un tono piuttosto lamentoso

"Sie streiten sich alle so fürchterlich"

"Litigano tutti in modo così terribile"

"Man hört sich selbst nicht sprechen"

"Non ci si sente parlare"

"Und sie scheinen sich nicht an irgendwelche Regeln zu halten"

"E sembra che non giochino secondo nessuna regola"

die Katze stellte Alice mit leiser Stimme eine Frage

il gatto fece una domanda ad Alice a bassa voce

"Wie gefällt dir die Königin?"

"Ti piace la regina?"

»Ich mag sie gar nicht,« sagte Alice

«Non mi piace affatto», disse Alice

Alice dachte, sie könnte genauso gut zurückgehen
Alice pensò che avrebbe potuto anche tornare indietro
Sie wollte sehen, wie das Spiel läuft
Voleva vedere come stava andando il gioco
Sie machte sich auf die Suche nach ihrem Igel
Andò in cerca del suo riccio
Der Igel war damit beschäftigt, gegen einen anderen Igel zu kämpfen
Il riccio era impegnato a combattere un altro riccio
Das war eine ausgezeichnete Gelegenheit
Questa è stata un'ottima opportunità
Sie konnte einen Igel mit dem anderen krocketen
Poteva fare il croquet con un riccio con l'altro
Aber ihr Flamingo war auf der anderen Seite des Gartens
ma il suo fenicottero era dall'altra parte del giardino
Der Flamingo war ziemlich tollpatschig
Il fenicottero era piuttosto goffo

Ihr Flamingo versuchte, gegen einen Baum zu fliegen
Il suo fenicottero stava cercando di volare su un albero
Sie packte den Flamingo am Bein
Ha afferrato il fenicottero per una gamba
Und sie schob sich den Flamingo unter den Arm
e si mise il fenicottero sotto il braccio
So konnte der Flamingo nicht mehr entkommen
In questo modo il fenicottero non poteva scappare di nuovo
In diesem Augenblick traf Alice zufällig die Herzogin
Proprio in quel momento Alice incontrò la duchessa
Die Herzogin war nun aus dem Gefängnis entlassen worden
La duchessa era ora fuori di prigione
Sie schob ihren Arm liebevoll unter Alices Arm
Infilò affettuosamente il braccio sotto il braccio di Alice
Und dann gingen sie zusammen fort
e poi se ne andarono insieme
Alice war sehr froh, sie in so angenehmer Laune zu finden
Alice fu molto contenta di trovarla di così piacevole umore
Sie erschrak jedoch ein wenig
Era un po' spaventata, però
Sie hörte die Stimme der Herzogin dicht an ihrem Ohr
Sentì la voce della duchessa vicino al suo orecchio
"Du denkst über etwas nach, meine Liebe"
"Stai pensando a qualcosa, mia cara"
"Und das lässt dich das Reden vergessen"
"E questo ti fa dimenticare di parlare"
»Das Spiel geht jetzt etwas besser«, sagte Alice
«Il gioco sta andando un po' meglio ora», disse Alice
Es war eine Möglichkeit, das Gespräch am Laufen zu halten
Era un modo per mantenere viva la conversazione
»So ist es,« sagte die Herzogin
"È proprio così," disse la duchessa
"Und die Moral davon ist folgende."
"E la morale di questo è questa:"
"Es ist die Liebe, die alles macht!"
"È l'amore che fa tutto!"
"Liebe ist das, was die Welt bewegt"

"L'amore è ciò che fa girare il mondo"
Alice hatte eine andere Erklärung
Alice aveva un'altra spiegazione
**"Das macht jeder, der sich um seine eigenen
Angelegenheiten kümmert!"**
"È fatto da ognuno che si fa gli affari suoi!"
»Ah, gut! Du könntest Recht haben"
«Ah, bene! Potresti avere ragione"
»Es bedeutet alles ziemlich dasselbe,« sagte die Herzogin
«Significa tutto più o meno la stessa cosa», disse la duchessa
und sie grub ihr spitzes kleines Kinn in Alices Schulter
e affondò il suo piccolo mento affilato nella spalla di Alice
"Und die Moral davon ist folgende"
"E la morale di questo è questa"
"Kümmere dich um die Sinne"
"Prenditi cura dei sensi"
"Und dann erledigen sich die Klänge von selbst"
"E poi i suoni si prenderanno cura di se stessi"
Aber dann fing der Arm der Herzogin an zu zittern
Ma poi il braccio della duchessa cominciò a tremare
Alice blickte auf und da stand die Königin
Alice alzò lo sguardo e lì c'era la regina
Die Königin hatte die Arme verschränkt
La regina aveva le braccia conserte
Und sie runzelte die Stirn wie ein Gewitter!
e lei aggrottava le sopracciglia come un temporale!
»Ich warne dich!« schrie die Königin
«Vi avverto», gridò la regina
Und sie stampfte auf den Boden, während sie sprach
e calpestò il terreno mentre parlava
"Entweder dein Kopf oder ihr Kopf muss ausgeschaltet sein"
"O la tua testa o la sua testa deve essere staccata"
"Treffen Sie Ihre Wahl!"
"Fai la tua scelta!"
"Und beeilen Sie sich"
"E fai in fretta"
Die Herzogin traf ihre Wahl

La duchessa fece la sua scelta
und in einem Augenblick war die Herzogin verschwunden
e in un attimo la duchessa se ne andò
Da sprach die Königin zu Alice
Allora la regina parlò ad Alice
"Weiter geht's mit dem Spiel"
"Andiamo avanti con il gioco"
Alice war zu erschrocken, um ein Wort zu sagen
Alice era troppo spaventata per dire una parola
und langsam folgte sie ihrem Rücken zum Krocketplatz
e la seguì lentamente fino al campo da croquet
Die ganze Zeit stritt sich die Dame mit den anderen Spielern
Per tutto il tempo la regina litigava con gli altri giocatori
»Hacken Sie ihm den Kopf ab!«
"Tagliategli la testa!"
"Hack ihr den Kopf ab!"
"Tagliatele la testa!"
"Hackt ihnen alle Köpfe ab!"
"Tagliate loro tutte le teste!"
Bald waren alle Spieler in Gewahrsam
Presto tutti i giocatori furono arrestati
nur der König, die Königin und Alice blieben zurück
rimasero solo il re, la regina e Alice
Da ging die Königin, ganz außer Atem
Poi la regina se ne andò, senza fiato
und sie ging mit Alice fort
e se ne andò con Alice
Alice hörte, wie der König leise etwas sagte
Alice sentì il re dire qualcosa a bassa voce
"Ihr seid alle begnadigt"
"Siete tutti perdonati"
aber plötzlich hörte man einen neuen Schrei
ma all'improvviso si udì un altro grido
"Der Prozess beginnt!"
"Il processo sta iniziando!"
und Alice lief mit den andern
e Alice corse insieme agli altri

Wer hat die Torten gestohlen?

Chi ha rubato le crostate?

Der Herzkönig und die Herzkönigin saßen

Il re e la regina di cuori erano seduti

sie saßen auf ihrem Thron, als Alice ankam

erano sul loro trono quando arrivò Alice

Eine große Menschenmenge war um sie herum versammelt

C'era una grande folla radunata intorno a loro

Es gab allerlei kleine Vögel und Bestien

C'erano tutti i tipi di uccellini e bestie

Und da war das ganze Kartenspiel

E c'era tutto il mazzo di carte

Der Spitzbube stand in Ketten vor ihnen

Il furfante era in piedi di fronte a loro, in catene

und auf jeder Seite war ein Soldat, der ihn bewachte

e c'era un soldato da ogni parte a sorvegliarlo

in der Nähe des Königs war das weiße Kaninchen

vicino al Re c'era il coniglio bianco

Er hatte eine Trompete in der einen Hand

Aveva una tromba in una mano

Und in der andern Hand hielt er eine Pergamentrolle

e nell'altra mano aveva un rotolo di pergamena

In der Mitte des Platzes stand ein Tisch

Al centro del cortile c'era un tavolo

Auf dem Tisch stand eine große Schüssel mit Torten

Sul tavolo c'era un grande piatto di crostate

**"Ich wünschte, sie würden den Prozess zu Ende bringen",
dachte Alice**

«Vorrei che facessero il processo», pensò Alice

"Dann könnten wir etwas von diesen Erfrischungen essen!"

"Allora potremmo mangiare un po' di quei rinfreschi!"

Der Richter war übrigens der König
Il giudice, tra l'altro, era il re
und er trug seine Krone über seiner großen Perücke
e portava la sua corona sopra la sua grande parrucca
»Das ist die Loge der Geschworenen!« dachte Alice
«Quella è la cassetta della giuria», pensò Alice
"Und diese zwölf Geschöpfe, ich nehme an, sie sind die Geschworenen"
"e quelle dodici creature, suppongo che siano i giurati"
einige waren Tiere, andere waren Vögel
alcuni erano animali e altri erano uccelli
In diesem Augenblick schrie das weiße Kaninchen auf
Proprio in quel momento il coniglio bianco gridò
"Schweigen im Gericht!"
"Silenzio in tribunale!"
»Herold, lesen Sie die Anklage!« sagte der König

"Araldo, leggi l'accusa!" disse il re

Das weiße Kaninchen blies drei Stöße auf die Trompete

Il Bianconiglio suonò tre squilli di tromba

dann entrollte er die Pergamentrolle

poi srotolò il rotolo di pergamena

Und er las folgendes:

e lesse quanto segue:

"Die Königin der Herzen, sie hat ein paar Torten gebacken."

"La regina di cuori, ha fatto delle crostate,"

"All das tat sie an einem Sommertag"

"Tutto questo lo ha fatto in un giorno d'estate"

"Der Schurke der Herzen, er hat diese Torten gestohlen"

"Il furfante di cuori, ha rubato quelle crostate"

"Und er hat diese Torten weit weg gebracht!"

"E ha portato quelle crostate lontano!"

»Rufen Sie den ersten Zeugen,« sagte der König

"Chiama il primo testimone," disse il re

und das weiße Kaninchen blies drei Stöße auf die Trompete

E il Bianconiglio suonò tre squilli di tromba

»Bringt den ersten Zeugen!« rief er

«Portate il primo testimone!» gridò

Der erste Zeuge war der Hutmacher

Il primo testimone fu il cappellaio

Er kam mit einer Teetasse in der einen Hand herein

Entrò con una tazza da tè in una mano

Und in der anderen Hand hatte er ein Stück Brot und Butter

e aveva un pezzo di pane e burro nell'altra mano

»Du hättest fertig sein sollen,« sagte der König

"Avresti dovuto finire," disse il Re

"Wann hast du angefangen?"

«Quando hai cominciato?»

Der Hutmacher schaute sich den Märzhasen an

Il fabbricante di cappelli guardò la lepre in marcia

Der Märzhase war ihm in den Hof gefolgt

La lepre in marcia lo aveva seguito nel cortile

Er war Arm in Arm mit dem Siebenschläfer gegangen

aveva camminato a braccetto con il ghiro

»Ich glaube, es war der vierzehnte März«, sagte er

«Il quattordici marzo, credo», disse

»Geben Sie Ihre Aussage,« sagte der König

"Fornisci la tua testimonianza", disse il re

"Und sei nicht nervös, sonst lasse ich dich auf der Stelle hinrichten"

"e non essere nervoso, o ti farò giustiziare sul posto"

Das schien den Zeugen überhaupt nicht zu ermutigen

Questo non sembrava incoraggiare affatto il testimone

Er rutschte immer wieder von einem Fuß auf den anderen

continuava a spostarsi da un piede all'altro

und er sah die Königin unruhig an

E guardò inquieto la regina

und in seiner Verwirrung biß er ein großes Stück aus seiner Teetasse

e, nella sua confusione, morse un grosso pezzo dalla sua tazza da tè

Eigentlich wollte er von seinem Brot und seiner Butter beißen

Davvero voleva mordere dal suo pane e burro

In diesem Augenblick fühlte Alice eine sehr merkwürdige Empfindung

Proprio in quel momento Alice provò una sensazione molto curiosa

Sie fing an, wieder größer zu werden

stava cominciando a diventare di nuovo più grande

Der unglückliche Hutmacher ließ seine Teetasse fallen

Il miserabile cappellaio lasciò cadere la tazza da tè

und das Brot und die Butter fielen zu Boden

e il pane e il burro caddero a terra

und er fiel auf die Knie

e cadde in ginocchio

»Ich bin ein armer Mann, Eure Majestät,« begann er

«Sono un pover'uomo, vostra maestà», cominciò

»Du bist ein sehr schlechter Redner,« sagte der König

«Sei un pessimo oratore», disse il re

»Du darfst gehen,« sagte der König

"Puoi andare," disse il re

und der Hutmacher verließ eilig den Hof

e il cappellaio uscì in fretta dal tribunale

»Rufen Sie den nächsten Zeugen her!« sagte der König

"Chiamate il prossimo testimone!" disse il re

Der nächste Zeuge war die Köchin der Herzogin

Il testimone successivo fu il cuoco della duchessa

Sie trug die Pfefferdose in der Hand

Portava in mano la scatola del pepe

Und die Leute in der Nähe der Tür fingen auf einmal an zu niesen

E le persone vicino alla porta cominciarono a starnutire tutte d'un tratto

»Geben Sie Ihre Aussage,« sagte der König

"Fornisci la tua testimonianza", disse il re

»Ich will nichts beweisen,« sagte die Köchin

«Non darò alcuna testimonianza», disse il cuoco

Der König sah das weiße Kaninchen ängstlich an

Il re guardò ansiosamente il coniglio bianco

Und das weiße Kaninchen sprach mit leiser Stimme

e il coniglio bianco parlò con voce calma

"Eure Majestät müssen diesen Zeugen ins Kreuzverhör nehmen"

"Vostra Maestà deve controinterrogare questo testimone"

»Nun, wenn ich muß, so muß ich,« sagte der König

"Beh, se devo, devo," disse il re

"Woraus bestehen Torten?"

"Di cosa sono fatte le crostate?"

»Torten werden meistens aus Pfeffer gemacht«, sagte die Köchin

«Le crostate sono fatte di pepe, per lo più», disse il cuoco

Einige Minuten lang war der ganze Hof in Verwirrung

Per alcuni minuti l'intera corte fu in confusione

Schließlich ließen sie sich alle wieder nieder

Alla fine si sistemarono di nuovo

Aber da war die Köchin schon verschwunden

ma ormai il cuoco era scomparso

»Macht nichts!« sagte der König

«Non importa!» disse il re

"Rufen Sie den nächsten Zeugen in den Zeugenstand"

"Chiamate al banco il prossimo testimone"

Alice beobachtete das weiße Kaninchen, wie es an der Liste herumfummelte

Alice guardò il coniglio bianco mentre armeggiava con la lista

Sie können sich vorstellen, wie überrascht sie war, als sie das hörte, was sie als nächstes hörte

Potete immaginare la sua sorpresa per quello che sentì dopo

Mit lauter schriller kleiner Stimme rief er den Namen »Alice!«

con la sua vocina stridula, chiamò il nome "Alice!"

<h1 style="text-align:center">Alices Beweise</h1>
La testimonianza di Alice

»Hier!« rief Alice

"Ecco!" gridò Alice

Sie sprang in großer Eile auf

Balzò in piedi in gran fretta

und sie kippte die Geschworenenloge um

e rovesciò il palco della giuria

und sie warf alle Geschworenen um

e fece cadere tutti i giurati

und sie fielen auf die Köpfe der Menge unten

e caddero sulle teste della folla sottostante

Alice war in großer Bestürzung

Alice era molto sgomenta

»Oh, ich bitte um Verzeihung!« rief sie aus

«Oh, vi chiedo scusa!» esclamò

»Der Prozeß kann nicht fortgesetzt werden,« sagte der König

"Il processo non può procedere," disse il re

"Die Geschworenen müssen wieder an ihre angestammten Plätze zurückkehren"

"I giurati devono tornare al loro posto"

Er wiederholte den Befehl mit großem Nachdruck

Ripeté l'ordine con grande enfasi

und er sah Alice streng an

e guardò Alice con severità

"Was weißt du über diese Ereignisse?" fragte der König Alice

"Che cosa sai di questi avvenimenti?" chiese il re ad Alice

»Ich weiß nichts von der Sache,« sagte Alice

«Non so nulla su questo argomento», disse Alice

Dann las der König aus seinem Buch vor

Il re poi lesse dal suo libro

"Regel zweiundvierzig"

"Regola quarantadue"

"Alle Personen, die mehr als eine Meile hoch sind, sollen das Gericht verlassen"

"Tutte le persone che superano il miglio di altezza devono

lasciare il tribunale"
»Ich bin keine Meile hoch,« sagte Alice
«Non sono alta un miglio», disse Alice
»Fast zwei Meilen hoch,« sagte die Königin
«Quasi due miglia di altezza», disse la Regina

»Nun, ich weigere mich zu gehen,« sagte Alice
«Ebbene, mi rifiuto di andare», disse Alice
Der König erbleichte
Il re impallidì
und er schloß hastig sein Notizbuch
e chiuse in fretta il taccuino
**»Überlegen Sie sich Ihr Urteil«, sagte er zu den
Geschworenen**
"Considerate il vostro verdetto", ha detto alla giuria
Er sprach mit leiser, zitternder Stimme
Parlava con voce bassa e tremante

Da sprach das weiße Kaninchen
Poi parlò il Bianconiglio
"Es werden noch mehr Beweise kommen"
"Ci sono ancora altre prove in arrivo"
und er sprang in großer Eile auf
e balzò in piedi in gran fretta
"Dieses Papier wurde gerade abgeholt"
"Questo documento è stato appena ritirato"
"Es scheint ein Brief des Gefangenen zu sein"
"Sembra una lettera scritta dal prigioniero"
Er faltete das Papier auseinander, während er sprach
Aprì il foglio mentre parlava
"Es ist doch kein Brief"
"Non è una lettera, dopotutto"
"Was es war, war eine Reihe von Versen"
"Quello che era era un insieme di versi"
»Bitte, Eure Majestät,« sagte der Spitzbube
"Vi prego, vostra maestà," disse il furfante
"Ich habe diese Verse nicht geschrieben"
"Non ho scritto io quei versi"
"und sie können nicht beweisen, dass ich etwas geschrieben
habe"
"e non possono provare che ho scritto qualcosa"
"Am Ende ist kein Name unterschrieben"
"Non c'è nessun nome firmato alla fine"
Der König sprach mit dem Spitzbuben
Il re parlò al furfante
"Du musst vorgehabt haben, Unheil anzurichten"
"Devi aver avuto l'intenzione di causare qualche guaio"
"Sonst hättest du wie ein ehrlicher Mann unterschrieben"
"altrimenti avresti firmato il tuo nome come un uomo onesto"
Es gab ein allgemeines Händeklatschen
Ci fu un generale battito di mani
Und der König wandte sich an das weiße Kaninchen
E il re si rivolse al coniglio bianco
»Lest die Verse!« befahl er.
"Leggete i versetti", ordinò

Es herrschte Totenstille im Gerichtssaal
C'era un silenzio di tomba in tribunale
und das weiße Kaninchen las die Verse vor
e il coniglio bianco lesse i versi
Sie sagten mir, du wärst bei ihr gewesen
Mi hanno detto che eri stato da lei
Und sie erwähnten mich ihm gegenüber
E gli hanno parlato di me
Sie gab mir einen guten Charakter
Mi ha dato un buon carattere
Aber sie sagte, ich könne nicht schwimmen
Ma lei ha detto che non sapevo nuotare
Er ließ ihnen wissen, dass ich nicht gegangen sei
Mandò loro a dire che non ero andato
Wir wissen, dass es wahr ist
Sappiamo che è vero
**Wenn sie die Sache vorantreiben sollte, was würde aus dir
werden?**
Se dovesse insistere sulla questione, che ne sarebbe di te?
Ich gab ihr einen, sie gaben ihm zwei
Io gliene ho dato uno, loro gliene hanno dati due
Du hast uns drei oder mehr gegeben
Ce ne hai dati tre o più
Sie sind alle von ihm zu dir zurückgekehrt
Tutti sono tornati da lui a te
obwohl sie vorher meine waren
anche se prima erano miei
Wenn ich oder sie die Chance haben sollte,
Se io o lei dovessimo avere la possibilità di essere
Wenn ich oder sie in diese Affäre verwickelt wäre
Se io o lei fossimo coinvolti in questa faccenda
Er vertraut auf dich, dass du sie befreien wirst
Egli confida in te per liberarli
Genau so wie wir waren
Esattamente come eravamo
Ich hatte den Eindruck, dass Sie
La mia idea era che tu fossi stato

Bevor sie diesen Anfall hatte
Prima che avesse questo attacco
Ein Hindernis, das dazwischen kam
Un ostacolo che si è frapposto
Er und wir und es
Lui, e noi stessi, e
Lass ihn nicht wissen, dass sie ihr am besten gefallen haben
Non fargli sapere che le piacevano di più
Denn dies muss für immer ein Geheimnis bleiben, das vor allen anderen verborgen bleibt
Perché questo deve essere per sempre un segreto, tenuto nascosto a tutti gli altri
Dieses Geheimnis muss ein Geheimnis zwischen dir und mir bleiben
Questo segreto deve rimanere un segreto tra te e me
Der König war sehr beeindruckt
Il re fu molto impressionato
"Das ist das wichtigste Beweisstück, das wir bisher gehört haben"
"Questa è la prova più importante che abbiamo mai sentito"
»Ich glaube nicht, daß diese Verse auch nur ein Atom Bedeutung haben,« wandte Alice ein
«Non credo che quei versi abbiano un atomo di significato», obiettò Alice
der König hatte seine eigene Meinung zu dieser Angelegenheit
il Re aveva la sua opinione sulla questione
"Wenn diese Worte keinen Sinn haben, erspart das eine Menge Ärger"
"Se non c'è alcun significato in queste parole, questo si salva un mondo di guai"
"Dann brauchen wir nicht zu versuchen, den Sinn zu finden"
"Allora non c'è bisogno di cercare di trovare il significato"
"Lassen Sie die Geschworenen über ihr Urteil nachdenken"
"Che la giuria consideri il suo verdetto"
»Nein, nein!« sagte die Königin

"No, no!" disse la regina
"Erst die Verurteilung, dann das Urteil"
"Prima la sentenza, poi il verdetto"
"Zeug und Unsinn!" sagte Alice laut
«Roba e sciocchezze!» disse Alice ad alta voce
"Wie dumm ist es, den Angeklagten zuerst zu verurteilen!"
"Com'è sciocco condannare per primo l'imputato!"

»Schweige!« sagte die Königin und färbte sich violett an
"Taci!" disse la regina, diventando viola
"Ich werde nicht den Mund halten!" sagte Alice
«Non terrò a freno la lingua!» disse Alice
schrie die Königin aus voller Kehle
La regina gridò a squarciagola
"Hack ihr den Kopf ab!"
"Tagliatele la testa!"
Niemand machte eine Bewegung
Nessuno ha fatto un movimento

"Wen kümmert es, was du sagst?" sagte Alice

«Chi se ne frega di quello che dici?» disse Alice

Zu diesem Zeitpunkt war sie bereits zu ihrer vollen Größe herangewachsen

A questo punto era cresciuta fino a raggiungere la sua piena dimensione

"Du bist nichts als ein Kartenspiel!"

"Non sei altro che un mazzo di carte!"

Bei diesen Worten hoben sich alle Karten in die Luft

A questo punto, tutte le carte si alzarono in aria

und alle Karten flogen auf sie herab

e tutte le carte le caddero addosso

Sie stieß einen kleinen Schrei aus

Lei lanciò un piccolo urlo

Sie war halb erschrocken, aber auch wütend

Era mezza spaventata, ma anche arrabbiata

Und sie versuchte, sich gegen die Karten zu wehren

E ha cercato di combattere le carte da sola

Und dann fand sie sich auf der Grasbank liegend

e poi si ritrovò sdraiata sulla riva d'erba

Ihr Kopf lag im Schoß ihrer Schwester

La sua testa era in grembo a sua sorella

Einige abgestorbene Blätter waren auf ihrem Gesicht gelandet

Alcune foglie morte erano cadute sul suo viso

und ihre Schwester wischte vorsichtig die Blätter weg

e sua sorella stava delicatamente spazzolando via le foglie

»Wach auf, liebe Alice!« sagte die Schwester

«Svegliati, Alice, cara!» disse la sorella

"Was für einen langen Schlaf hast du gehabt!"

"Che lungo sonno hai avuto!"

"Oh, ich habe so einen merkwürdigen Traum gehabt!" sagte Alice

"Oh, ho fatto un sogno così curioso!" disse Alice

Und sie erzählte ihrer Schwester alles, woran sie sich erinnern konnte

E raccontò a sua sorella tutto quello che riusciva a ricordare

all die seltsamen Abenteuer, von denen Sie gerade gelesen haben

tutte le strane avventure di cui hai appena letto

Alice stand auf und rannte davon

Alice si alzò e corse via

Und während sie lief, dachte sie an ihren Traum

e pensava, mentre correva, al suo sogno

"Was für ein wunderbarer Traum das gewesen war!"

"Che sogno meraviglioso è stato!"